# 心中的海

贺玉民／著

中国市场出版社
China Market Press
·北京·

## 图书在版编目(CIP)数据

心中的海 / 贺玉民著. -- 北京：中国市场出版社有限公司，2021.10
ISBN 978-7-5092-2154-9

Ⅰ. ①心… Ⅱ. ①贺… Ⅲ. ①中国文学-当代文学-作品综合集 Ⅳ. ①I217.2

中国版本图书馆 CIP 数据核字(2021)第 208573 号

心中的海
XIN ZHONG DE HAI

| 著　　者：贺玉民
| 责任编辑：张再青（632096378@qq.com）
| 出版发行：中国市场出版社
| 社　　址：北京市西城区月坛北小街 2 号院 3 号楼（100837）
| 电　　话：(010) 68024335/68034118/68021338/68022950
| 经　　销：新华书店
| 印　　刷：成都兴怡包装装潢有限公司
| 规　　格：145mm×210mm　　32 开本
| 印　　张：8.5　　　　　　　　字　　数：222 千字
| 版　　次：2021 年 10 月第 1 版　印　　次：2022 年 2 月第 1 次印刷
| 书　　号：ISBN 978-7-5092-2154-9
| 定　　价：68.00 元

版权所有　侵权必究　　印装差错　负责调换

# 序

贺玉民著《心中的海》是一部让人读后不能释怀的作品。书稿的五分之四系诗歌。这些诗歌题材丰富而集中，主要是关心社会热点，如抗击新冠肺炎疫情，以及抒写宁波的桥、塔、楼，街坊等风物。其中以风物类见多，宁波市区所能见及的风物和今已消失的作者孩提时曾见的一景一物均为作者抒情的对象，乍看似一部诗歌体的宁波风物志，可见作者于生他养他的这个城市的热爱与眷恋。

大凡从事当代诗歌写作的无不受中国古代格律诗和新文化运动的文学革命先声新诗的熏陶和影响。

阅读贺玉民的诗会感觉一股强烈的旋律和激越的节奏向你袭来，这旋律和节奏来自生活，更来自新文化运动的猛士们奏响的"天籁"。其中有艾青的散文式铺陈，有闻捷放旷的叙事，闻一多的新式格律，何其芳的谐美和郭沫若的一泻千里。可以说贺玉民先生是在中国新诗源头的湖水里泡大，闪耀着中国新诗灵魂的当代抒写者。本书的第一辑"抗疫之歌"8首诗集中体现了上述风格，直抒胸臆，正气浩然，昂扬着时代的主旋律。在第二辑"甬城之歌"中，作者将宁波的人文历史典故与现实所思有机交织，使诗歌具有闻一多诗的厚实与严谨,又有近体诗词的结实意象,读来百味丛生。

第三辑"心灵之歌"和第四辑"海韵之歌"则以强烈的抒情,以朗诵诗的格调表达诗人对祖国、对社区、对志愿者、对船长以及对自己所钟爱的人和物的歌咏。这些诗歌的共同点就是有铿锵的旋律和奋发的主题,在题材上均以作者生活的宁波历史、人文和现实为主,表达作者强烈的不可割舍的爱恋之情。

最后一辑的散文,多为作者本人的创作感想或自述创作过程,包括他的话剧《和丰纱厂》《灯塔》《风月其人》等的创作动因的叙写,读来十分动情。字里行间散发出一股浓郁的"执着"和"爱憎",可见作者的功力与磊落的情怀。

贺玉民是一位当代诗人,更是一位剧作家。他最近的话剧《孙中山在宁波》,就是一部很优秀的作品,虽未编入此书,但几次演出都受到了观众的热捧。贺先生是善于拿捏历史,捕捉时代与社会热点而进行创作的优秀作家。以他本书其中的一句话来形容,他总是"拔下一根根火焰赐予人"。我敬佩他的文学创造力和敏锐的创作洞察力。祝愿他能有更多的作品问世。

宁波市文联副主席　韩利诚

2020 年 7 月 28 日

# 目录

## 第一辑 英雄之歌

| | |
|---|---|
| 因为有你们！ | / 2 |
| 千里走单骑 | / 4 |
| ——读《宁波男护士毅然辞职，驾车赴湖北应聘医护》有感而作 | |
| 白衣战士 | / 6 |
| 寒风中的红马甲 | / 8 |
| ——献给社区的社工、志愿者 | |
| 小小的口罩 | / 9 |
| 防护服 | / 10 |
| 病　床 | / 11 |
| 最美的脸 | / 12 |

## 第二辑　甬城之歌

| | |
|---|---|
| 挺起"四知"精神的脊梁 | / 14 |
| 井头山遗址 | / 19 |
| 河姆渡 | / 21 |
| 羽人竞渡 | / 22 |
| 四窗岩 | / 23 |
| "甬"立潮头 | / 25 |
| 它山堰 | / 27 |
| 唐诗之路 | / 29 |
| 宁波三江口 | / 31 |
| 一千二百岁的海曙楼 | / 33 |
| 东钱湖 | / 36 |
| 灵　桥 | / 38 |
| 桃源书院 | / 42 |
| 月　湖 | / 45 |
| 天一阁 | / 48 |
| 天封塔 | / 50 |
| 保国寺 | / 52 |
| 慈　城 | / 53 |
| 上林湖越窑遗址 | / 56 |
| 走马塘 | / 58 |
| 舟宿渡 | / 60 |
| 庆安会馆 | / 61 |
| 老外滩（之一） | / 63 |
| 老外滩（之二） | / 65 |

| | | |
|---|---|---|
| 宁波总工会旧址 | / | 67 |
| 宁波城隍庙 | / | 69 |
| 宁波猪油汤圆 | / | 71 |
| 宁波中秋节 | / | 73 |
| 十里红装 | / | 75 |
| 招宝山 | / | 77 |
| 龙　山（三首） | / | 80 |
| 　　一、雨书 | / | 80 |
| 　　二、赤脚财神 | / | 81 |
| 　　三、三北轮船 | / | 81 |
| 药皇殿 | / | 83 |
| 张斌桥 | / | 85 |
| 白鹘桥 | / | 88 |
| 我不能忘记开明街的1940 | / | 90 |
| 冰厂跟 | / | 93 |
| 和丰创意广场 | / | 94 |
| 朱　枫 | / | 98 |
| 殷夫故居 | / | 100 |
| 邵逸夫故居 | / | 103 |
| 屠呦呦旧居 | / | 106 |
| 院士林 | / | 108 |
| 於梨华 | / | 111 |
| 天一广场 | / | 114 |
| 波光里的二中 | / | 116 |
| 云龙的龙 | / | 118 |

## 第三辑　心灵之歌

| | |
|---|---|
| 国旗升起来了 | / 120 |
| 七月的太阳 | / 123 |
| 水的力量 | / 126 |
| 金翅膀 | / 130 |
| 爱，只有爱！ | / 133 |
| 感谢你，宝贝！ | / 136 |
| 我读书，我快乐！ | / 138 |
| 秋　叶 | / 141 |
| 雨 | / 142 |
| 杨梅又红了 | / 143 |
| 乡村音乐酒吧 | / 145 |
| 致社工 | / 146 |
| 致志愿者 | / 148 |
| 致教师 | / 150 |
| 今天遇见屈大夫 | |
| 　　——端午节有感 | / 152 |
| 我们在江丰社区挺好！ | / 154 |
| 桂花雨 | / 156 |

## 第四辑　海韵之歌

| | |
|---|---|
| 大海，我的父亲 | / 158 |
| 别 | / 161 |

| | | |
|---|---|---|
| 归 | / | 162 |
| 带一条裙子来吧 | / | 163 |
| 送　别 | / | 165 |
| 轮机长 | / | 167 |
| 你是船长 | / | 168 |
| 水　手 | / | 170 |
| 烟　囱（之一） | / | 172 |
| 烟　囱（之二） | / | 173 |
| 航标灯 | / | 174 |
| 汽笛声 | / | 175 |
| 雷　达 | / | 177 |
| 锚　链 | / | 178 |
| 螺旋桨 | / | 179 |
| 舵 | / | 180 |
| 桅　杆 | / | 181 |
| 白　帆 | / | 183 |
| 小　岛 | / | 184 |
| 向海而歌 | / | 186 |

## 第五辑　岁月之歌

| | | |
|---|---|---|
| 怀念那片海 | / | 188 |
| 我在"城市客厅"工作 | / | 192 |
| 天妃情结 | / | 194 |
| 我为什么要创作话剧《和丰纱厂》 | / | 198 |
| 劳模精神鼓励我创作话剧《灯塔》 | / | 204 |
| 最早提出"甬商"称谓的是孙中山 | / | 209 |

| | |
|---|---|
| 讲好宁波故事 | / 212 |
| 忘不了那两个专版 | / 215 |
| 宁波人的中秋节 | / 218 |
| 兰花开了,阿东走了 | / 220 |
| 世界这么美,我却看不见! | / 226 |
| ——一个盲人的心声 | |
| 家是温暖的港湾 | / 228 |
| 父亲的酒 | / 233 |
| 迎接新世纪的曙光 | / 235 |
| "星星孩子"背后的太阳 | / 237 |
| ——记宁波江东启航实验学校的老师们 | |
| 话剧《风月其人》创作提纲 | / 243 |
| | |
| 后记 | / 256 |

## 第一辑 英雄之歌

# 因为有你们!

封城、封路、封村,
往日人声鼎沸的一座座城市、一条条街道,
一夜之间变得空空荡荡、冷冷清清。
微小到必须用高倍显微镜才能看见的病毒,
正在摧毁着人类一切美好的生活!

然而正是这场灾难,
使我们懂得了生活在这个国家是多么的幸福!
中央果断决策,
彰显出我们国家以人民为中心的
应有的责任和担当,
中华儿女又一次用热血筑起了新的长城!

于是,
我们看到了你们逆风而行的最美的背影,
我们听到了你们出征前的铮铮誓言,
我们还看到了在大灾面前爱心没有失落,
这一份份爱心圣洁无瑕,
展示了我们中国人民团结一致的惊人力量!

我们深刻地体会到什么才是
国家的力量和家国的情怀。
什么才叫岁月静好,
那是因为你们用血肉之躯在阻挡病毒,
才换来了千万个家庭的安全和温馨。
什么才叫山河无恙,
那是因为你们利国家生死以,
岂因祸福避趋之!

你们守望相助,
你们共克时艰,
你们荡气回肠,
你们震撼世界!
从你们身上我们看到了坚强挺拔的中国脊梁,
从你们身上我们感受了
中华民族生生不息、不断崛起壮大!
我们的生命必将如怒放的鲜花,
再一次拥抱火热的太阳!

我们还将继续等待,等待,
等待着能够彻底摘掉口罩
可以真正呼吸春天新鲜空气的那一天,
等待着你们全部凯旋,
和你们紧紧拥抱的那一天!

# 千里走单骑

——读《宁波男护士毅然辞职，驾车赴湖北应聘医护》有感而作

我不知道该如何形容你，
无法形容你毅然决然的行动；
我不知道该如何赞美你，
没有词语能赞美你的无私无畏。
我眼前浮现出"风萧萧兮易水寒"的画面，
我想到了关羽"千里走单骑"的悲壮！
你一个人驾车840公里，
奔波了12个小时就是为了去湖北，
去应聘一个护士的岗位。

95后的你是私立医院的男护士，
翩翩少年，阳光男孩，你自豪
男护士比女孩更有力气！
当疫情袭来时，
你像战士一样等待着冲锋的号令。
可是你的医院却没有任务！
你焦急啊！这是为什么？为什么没有我们？
终于，一则来自湖北的招聘广告给了你机会。
然而要辞掉稳定的工作，你不是没有疑虑，

父母会不会同意？大家会怎样想？
父母说：成年了，你可以自己决定。
这是一种怎样的大义，让你倍感温暖。
于是你交上一张薄薄的辞职书，身轻如燕！

现在，你开始了逆风而行，
没有鲜花簇拥的送行，
"马骑赤兔行千里，刀偃青龙出五关！"
你孤独得像古代的一个独行侠士。
你是一只冲向云天的海燕！
你是准备慷慨赴死的勇士！
在行车寥寥的高速路上，
只有汽车的马达声和你的心在跳动，
但你并不感到孤独，因为在你的背后，
甬江两岸有无数双手在为你加油鼓劲！
而在你的前方，有多少个患者，
正在等待着你去精心护理。

没有谁是天生的英雄，
但使命召唤使你无畏前行；
没有人见过天使的模样，
但天使就要践行"忠贞职守，救死扶伤"
的誓言！
我知道在你们这一代人身上，
依然流淌着前辈们炽热的鲜血！
在这场没有硝烟的战争中，
95后的你要和他们一起，
共同组成一道阻挡病魔的白色长城！

# 白衣战士

你没有一丝犹豫,
默默地收拾行李,
女儿还在睡梦中甜蜜地傻笑,
丈夫却在辗转反侧。
你要走了,
天黑得看不清前方的路有多长,
前方是一个被病魔占据的战场!

你没有一丝犹豫,
你将用软弱的身躯去阻挡看不见的病毒,
你要用无畏的担当去和死神争夺生命!
与时间赛跑,与病情赛跑。
可是你也有可能在那里倒下啊,
倒在那个"黄鹤一去不复返"的地方!

然而你还是没有一丝的犹豫,
你是身穿白色铠甲的超级战士,
你将身处险境却无畏前行,
你会疲惫虚弱但屹立不倒!
你说既然选择了负重前行,

就要践行初心的铮铮誓言!

你依然没有一丝犹豫,
因为这是一场只能赢不能输的人民战争!
你说我们的后方不仅仅是万家灯火,
还有一方平安、万众健康,
更有我女儿的笑脸和丈夫的亲吻。
所以我们
从来没有像今年这样期待春暖花开,
从来没有像现在这样盼望白衣战士的凯旋!

# 寒风中的红马甲

## ——献给社区的社工、志愿者

当居民在足不出户的怨言中消磨时光,
当家人在热气腾升的饭桌上谈论灾情,
你却还在寒风冷雨中坚守着门岗,
像战壕里的战士,举着体温枪保一方平安!

寒风吹在谁的身上都是寒冷的,
冷雨打在谁的脸上也是刺骨的,
你身上的红马甲是居民温暖的能源——
再强大的病毒都有你们替我们挡着!

你是书记,旧疾复发但仍在咬牙坚持,
我是志愿者,兼跑腿员、爬楼员、守门员、劝导员,
她是社工,要把防病知识宣传到每一个人,
要把后勤保障服务跟踪到每一个人。

寒风吹不灭信念是因为你时刻怀揣着群众,
冷雨淋不湿红马甲是因为她是党旗的色彩!
小小的门岗啊,承载了太多温暖的关爱,
寒风中的红马甲抗击着病毒的灾难!

## 小小的口罩

小小的口罩罩住了整个世界，
小小的口罩你使多少人无奈，
小小的口罩背后有着天大的灾难，
小小的口罩成了阻挡病毒的盾牌！

小小的口罩是今年最紧俏的商品，
小小的口罩使人们重新认识了生命的价值，
小小的口罩让人类的命运连接在一起，
小小的口罩向任性之举发出了最严厉的警告！

啊，小小的口罩，
你既没有厚重的铠甲也不是时尚的装饰，
但多少人为你争抢，甚至疯狂！
你是如此的轻薄，却又那样的沉重，
沉重得全世界都为之颤抖、震撼！
那不是你的过错，而是这个世界病了！
唉，小小的口罩，小小的口罩！

## 防护服

今年流行防护服,
出镜率绝对最高,
有的还在上面写上名字和口号,
只是穿戴者要负重煎熬!

不能吃喝,不能上厕所,
几个小时,甚至十多个小时,
普通人无法忍受这种残酷的考验,
只有那些看似柔弱的白衣战士!

你独步危难,步履精彩,
连死神也在你的面前望而却步!
你迎来的是一个个危重的患者,
你送走的是一个个重生的生命!

世界上没有一套服装能与你比美,
你让生命重新绽放出绚丽的花朵,
病房既是你的战场也是你的秀场,
在最盛大的舞台上展现出你无穷的魅力!

## 病　床

你曾经让一座城市陷入危机，
你曾经让十多亿人天天焦急，
你曾经让病人们苦苦等待啊，
一床难求，难于上青天！

于是就有了火神山、雷神山神勇的中国速度，
有了十几座方舱医院的超级病房，
有了从人等床到床等人的华丽转身，
有了确诊病例直线下降的优美线条！

你承载了太多本来不应该承载的重量，
你的身上有多少人的眼泪、无奈和企盼！
然而正是你扛起了一起罕见的重大灾难，
让世界知道了我们中国人民惊人的力量！

## 最美的脸

一张张曾经如花似玉的脸,
被口罩和眼镜压迫后,
变成了一道道纵横的沟壑,
红肿发亮,血泡流水……
像是被坦克碾压过的战场!

这是青春勃发的脸啊,
这是最爱美丽的年龄,
谁看见了都会心酸!
然而为了拯救生命,
多美的容光她们都愿意失去!

如今,方舱医院全部休舱,
当出院的病人和电视机旁的我们,
终于看到她们露出了笑容。
一张张笑脸让我们热泪滚滚——
世界上没有比她们的笑脸更美丽!

# 第二辑 甬城之歌

# 挺起"四知"精神的脊梁

2020年7月8日，中共宁波市委明确"知行合一、知难而进、知书达礼、知恩图报"为宁波精神。

我站在四明山之巅
手扶千年苍劲的松柏
眺望东海情思飞扬的波涛
我站在井头山之下
抚摸祖先用过的木碗
八千年前的食物还在碗中残留
我站在河姆渡的渡口
想象先人用过的木桨
曾经荡起了多少精彩的涟漪
我站在天一阁的大门前
闻到了四百多年前散发出的书香
这香味曾醉倒了多少个书生
我站在三江口的岸边
看到了百年前的一艘艘轮船
正拉响汽笛驶向远方
一群群怀抱着简单行囊的宁波人
就是从这里出发
走向上海、走向世界

成为科学家
成为艺术家
成为宁波帮!

浙东的山河并不辽阔
浙东的物产也不太丰盛
然而浙东的文化
如奔流不息的姚江和奉化江
汇聚到甬江,携手共进
浩浩荡荡,走向大海
凝聚成冲天的力量!

用时代的目光
探究那些闪光的宁波人
无论是王阳明
还是黄宗羲
无论是包玉刚
还是邵逸夫
无论是顾方舟
还是屠呦呦
在他们的身上
都有"四知"精神的血液
知行合一、知难而进
知书达礼、知恩图报!

知行合一是思想
以知促行、以行促知
知与行如鸟之双翼飞翔自如

第二辑 甬城之歌

善于学习，才能掌握先进
敢于学习，才能领先一步
言必行，行必果，方能成事
知行合一，身体力行
把思路化为行动
把蓝图建成实景
把理想变为现实
把梦想做成圆满！

知难而进是精神
迎难而上，不畏险阻
自强不息，吃苦耐劳
白天做老板，晚上睡地板
跑码头起家的宁波商人
创造了载入史册的近百个第一
中国第一家银行
第一家证券所
第一家火柴厂
第一家机器制造厂
他们敢闯、敢试、敢拼
敢于直面问题
勇于解决问题
迎风才能破浪
敢闯才能成功
困难在所不辞
成功必定有我！
开辟新路，奋力向前
体现了我们宁波人的勇气和担当！

知书达礼是气质
宁波人对礼、义、信有执着追求
商行四海、义行天下
见利思义、诚信为本
以德立业,以信做事
不取非义之财,不失承诺之信
历史上宁波有"信用码头"之美誉

自古以来宁波人更有
耕读传家,诗书继世的传统
知书达礼,行而优雅
读书修德,明义知理
书藏古今,书香宁波
崇文重教,崇德向善
文化的熏陶和道德的滋养
使我们宁波
成为全国文明城市六连冠
成为温暖的城市、最美的风景
成为最有魅力、最有亲和力的城市
让生活在宁波的每个人
都能感受美好的存在和幸福的花开!

知恩图报是本性
树高不忘根
君子虽远在他乡,不忘父母之国
宁波人懂感恩、会感恩
"慈水孝母"的故事深入人心

滴水之恩的回报蔚然成风
更有"顺其自然"现代版的民间故事
宁波帮在全世界打拼
但素有报效祖国
造福桑梓的家国情怀
全国各地有多少个以宁波人冠名的
医院、教学楼、图书馆
有多少爱国报乡、热心公益
赤子情怀的感人故事!

我站在四明山之巅
手扶千年苍劲的松柏
眺望东海情思飞扬的波涛
我看到有一种力量在聚集
那就是"四知"精神!
"四知"精神在宁波的大地上升腾
"四知"精神是宁波独特的精神价值
"四知"精神是宁波精神的基因和文化的根脉
"四知"精神振奋宁波的精气神和向心力
"四知"精神挺起了我们宁波人自信的脊梁!
在"四知"精神的感召下
我们干在实处无止境
走在前列谋新篇
勇立潮头敢担当!

# 井头山遗址

媒体报道，在余姚井头山遗址，发掘出八千年前数量巨大的各种海生贝类。

八千年前的一桌海鲜大餐
至今仍然透骨新鲜
大海赐予井头山先民活鲜的美食
靠海吃海吃出了历史的源头
这块土地与大海结下不解之缘

从井头山的海鲜
到河姆渡的船桨
从鉴真东渡的文化传播
到海丝之路的商业贸易
从宁波帮走向上海、走向世界
到"港通天下"的世界第一大港！

因祖先率先品尝了大海的滋味
这里便有了"海定波宁"的宁静
有了"天一生水"的丰润
有了"跑过三关六码头"的勇气
有了"走遍天下，不如宁波江厦"的自信

更有了"跳出三江口,向东是大海"的胸怀!

这里的山水无不映衬着海的色彩
这里的草木无不显示出因海而生的茂盛
八千年前的海鲜味道正浓
八千年后的宁波富饶美丽
八千年前的先民勇敢无畏
八千年后的宁波魅力无穷!

## 河姆渡

或许你是世界上最古老的渡口
出土的船桨证明你曾经荡起的水花
可能你是世界上最远的渡口
从七千年前一直渡到现在

东方文明在这个渡口开始苏醒
就像稻米煮熟了，和鱼肉一起飘香
碧波荡漾的江畔还吹起了悠扬的骨哨
干栏式的建筑筑起了人类最初的家园

那个"双鸟朝阳"应该可以飞到遥远的太阳
那根船桨也可以驾独木舟到希望的彼岸
从小小的河姆渡我们自豪地启航
可以停靠世界上任何一个港口、任何一座码头
因为今天的宁波——港通天下！

# 羽人竞渡

羽人竞渡纹铜钺,国家一级文物,1976年,鄞县云龙镇甲村石秃山出土。

百越之地云龙镇
出土"羽人竞渡纹铜钺"
双龙昂首为王权
四人划桨齐用力
羽毛飘扬竞龙舟!

端午赛舟起宁波
先民竞渡第一舟
奋力进取显精神
劈波飞渡竞风流!

龙腾虎跃几千年
今日羽人更风流
争当全国"模范生"
纵桨飞舟竞自由!

# 四窗岩

浙东高山之巅四窗岩
崖腰有洞，内有四穴
"高阁云中见，四窗一面连"
远处仰望犹如高山之窗户

四窗通日月之光，承天地精华
四明山由此得名
更有宁波人的性格特征：
通透、明亮、自信！

四窗岩有一个美丽的传说
汉代有刘、阮两人来此采药
遇两位仙女并与之相爱
回去时，仙女作歌送别
情真意切，依依惜别……

巍巍四明山，钟灵毓秀
四窗岩是精魂所在
在八千年四明大地上
窗明几净，风调雨顺

风水宝地,安居乐业
更有几代宁波帮勇闯世界
不断开拓创新
增光青史,激励后人!

自然也有曲折,也有波澜
但再大的困难也难不倒
四处皆明的四明山
生生不息的宁波人!

泱泱东方大港
浩浩八面来风
"四明八百里,物色甲东南"
新时代四明人
依山览海,风光无限……

## "甬"立潮头

据清代光绪《奉化县志》记载：县北二十里有甬山，此山峰峦颇似覆置的大钟，象形似"甬"字，故名甬山。

江边一座山
形似古代的一座大钟
象形钟的"甬"字
于是这座山称为甬山
山边的江称为甬江
江水流过的城市
就成了甬城

甬江就这么神奇
甬城就这么美妙
后来成了明州
又成了"海定波宁"的宁波
甬山是宁波的母亲
甬江是母亲的乳汁
甬山甬江创造出宁波灿烂的文化
哺育了勤劳智慧的宁波人民！

几千年来甬城似大钟般深情

不管多大的风雨都岿然不动
牢牢地扎根在浙东的沃土！
甬城包山容海，视野开阔
甬城历史悠久，人杰地灵
甬城既仁且智，讷言敏行
甬城向海而生，因海而兴
甬城甘于寂寞，但从不平庸！

甬城总是在默默地争创一流
屹立不倒，那是因为
有金钟长鸣的忧患意识
甬城人民不是波澜不惊
而是胸中有沟壑
眼中有大海，心里有太阳！
甬城人民内心充满了力量
关键时刻有担当、有勇气
冲在前——
"甬"立潮头！

今天甬城躬逢其盛
将在重要的历史时期
坚定信念，奔腾向前
包容东海，俯仰天地！

## 它山堰

据记载：唐太和年间，"筑它山堰、浚小江湖"。

用最原始的工具、最齐心的力量
从山岙里开采出一块块梅园石
打磨运输，整齐排列
几百块巨大的条石板艰难砌筑
组成一道坚不可摧的石堰
抵御洪水的肆虐和咸潮的浸入
甘冽的溪水灌溉数千顷农田
滋润了鄞西百里乡民
成为中国古代四大水利工程之一！

千年的石块沉默不语
我想它要说的话可能很多
话题肯定与水有关
或许是上善若水
或许是从善如流
或许是水能载舟，亦能覆舟
抑或是青山绿水，五水共治

为有源头活水来

治国先治水，治水福泽千年
古人的智慧如水一般博大纯净
至今还在浙东的大地上蜿蜒流淌……

## 唐诗之路

一千多年前的一群文人
以诗的名义
跋涉风景秀丽的四明山、天台山
一路上探幽吟诗，心驰神往
寻诗情，觅诗意，留诗篇
于是这条路就成了胜景
成了唐诗之路
成了朝圣之路

假如我是路边的一棵千年古村
当年可能有幸见到他们
他们是骆宾王、杜甫
他们是刘禹锡、元稹
他们是陆龟蒙、皮日休
哦，李白没来过
但他梦游过天姥山
留下了《梦游天姥吟留别》
让我们感慨至今！

假如我是路边的一棵千年古树

我一定做他们的粉丝
并且和他们一起跋山涉水
一起作诗吟词，笔随兴至
一起喝酒梦游，潇洒无边
可能我也会留下几首诗篇

假如我是路边的一棵千年古树
面对如诗如画、美妙绝伦的风景
我会和他们一样
流连忘返于这青山绿水
一路上载酒扬帆，击节高歌
如醉如痴，淋漓尽致
哈、哈，"人生得意须尽欢！"
"我欲因之梦吴越
一夜飞渡镜湖月……"

不走唐诗路，不识唐诗美
今天，我就是路边的一棵大树
我用热情的手臂欢迎四方来宾
我要如数家珍地告诉所有的人：
这条路千年之前已经是风月无边
这条路今天依然充满了诗情画意！

# 宁波三江口

宁波三江口
如三个兄弟在此相聚
他们蜿蜒奔波,一路劳顿
一个从奉化而来
一个从余姚过来
一个在此等候多时
然后兄弟仨紧紧拥抱
相约继续携手奔走
向东是大海!

尽管大海风高浪险
他们毫不畏惧
坚定不移奔向不可预测的远方
在他们生命的基因里
早已融入蔚蓝色的梦想!

三江口是中国最早的港口
"海外杂国、贾船交至"
唐与扬州、广州为三大港口
宋与广州、泉州为三大贸易港

清为"五口通商"之一
桅樯林立,千帆待发
三江口是"海上丝绸之路"的起点

宁波三江口
是三个力大无穷的兄弟
他们一手牵着大运河
一手牵着大东海
他们齐心协力
他们热情好客
他们目光远大
他们胸怀宽阔!

三江口,你是宁波人
得天独厚的福地
靠山吃山,靠海吃海
宁波的先辈寻海谋路
闯荡大海的宁波子弟
他们驾舟行船,乘风破浪
他们走南闯北,激荡五湖四海
有的葬身鱼腹
有的进入上海滩
有的成为"宁波帮"
有的走向世界!

## 一千二百岁的海曙楼

"云霞出海曙,梅柳渡江春"
海曙楼,你青春不老
没有烈士暮年的壮怀激烈
从千年的风尘中你轻盈地走来
昂首东海,像一名铁骨柔情的卫士

当唐长庆元年的第一缕阳光在此照耀
你就开始了坚守罗城的使命
潮起潮落,风霜雨雪
岁月侵蚀不了你坚强的意志
历史注定要让你成为传奇

你和波光粼粼的月湖守望相助
共同守护着一方百姓的安宁
你聆听过贺知章不变的乡音
你和王安石商讨过创办县学
从此甬城的街头响起琅琅的读书声
你向黄宗羲请教过工商皆本的学说
于是三江口的码头日益繁忙
你和万斯同共同修史

你同全祖望品茗吟诗
你请潘天寿泼墨作画
你陪沙孟海研墨书写
你让张苍水的精魂浩气长存
你为王阳明的良知敲响了震天的鼓声！

你是呼童街贡生考试时儿童稚嫩的叫呼
你是水则碑考察水情时的担当和智慧
你是刻漏时间时革弊维新的宣言书
你是楼顶西式自鸣钟那清脆的钟声
你是邀请孙中山到后乐园
与甬商们共进午餐时的主人
你是迎接解放军入城时市民开心的笑脸！

一千二百岁的海曙楼
你几经兴衰，几度易名，
不变的是你的精神和你强健的定力
你延续着宁波的文脉，与天一阁相映生辉
你成为宁波的标志，和天封塔一样雄伟
你身上的每一块砖、每一片瓦
都是历史精彩的篇章
都是生活经典的悲喜剧
哪怕从城墙缝隙中钻出来的几棵小草
也会让我们惊叹不已，顶礼膜拜！

今天，盛世如春风化雨
岁月似流水静好
一千二百岁的海曙楼

你共青山不老,你和人民同在
在你温暖的怀抱里
河姆渡的后裔们吮吸着你甜美的乳汁
繁衍生息,精英辈出
霓虹灯闪烁的街头成了改革开放的前沿
三江口的摇橹声早已变成了汽笛声
国际港口城市笑迎五洲宾客
新一代的海曙人正沐浴着时代的阳光
奋力追赶世界的潮流!

海曙楼啊,海曙楼!
你依然青春勃发
你还是魅力无穷
你敞亮的胸膛将永远激励后人
你巍然屹立的精神给我力量、壮我脊梁!

## 东钱湖

有人说你有西湖的风光
太湖的气魄
我说除了风光和气魄
你比它们更有财富

相传春秋时范蠡功成名就
急流勇退
携美女西施泛舟东钱湖
经商后富甲一方,成为财神

从此东钱湖就流传出
财富与爱情的动人故事
于是陶公山成为商人们
顶礼膜拜的圣地

然而我更怀念
曾经在此做过县令的王安石
在位一千天,影响一千年
试问谁人与他比肩?

他深知水利与民生的关系
亲自踏访各乡
千辛万苦了解地理民情
对东钱湖进行疏浚、整治

他还推行"贷谷于民"
为民之情殷殷可鉴
他赢得了民心,获得了
"治绩大举,民称其德"的美誉

谁让人民生活安定富裕
历史和人民都会记住
"人间未有归耕处,
早晚重来此地游。"

王县令走时留下的诗句
愿后来者都能记住
能够给我们一个
更加美丽富裕的东钱湖!

# 灵 桥

从记忆中的"灵桥牌棒冰"
到自嘲的"灵桥牌普通话"
如果每个宁波人的心中都有一座桥
那就是灵桥!

灵桥,宁波人深入骨髓的集体记忆
灵桥,从厚重的历史中
和宁波人民一起走来
经历了千年风霜、百年荣辱

一千二百年前
明州刺史应彪见百姓过江有难
欲造一座浮桥以通两岸
于是,这座桥就见证了宁波的历史

在夏日的一个午后
工匠们在奉化江中打桩
湍急的江水汹涌奔腾
一根根木桩被急流无情地冲走
这样就无法将船用铁索连成

突然天降暴雨
大雨过后灵光显现
七彩的彩虹辉映两岸
彩虹之处打下的木桩坚如磐石
终于,16 条船被连锁而成
如士兵整齐排列
两岸的百姓高声呼喊:
灵显桥!灵桥!

潮涨潮落一千多年
浮桥多次被台风崩断毁坏
桥身冲走沉没
行人落水溺毙
屡修屡坏,屡坏屡修
灵桥已经不灵!

一百多年前有人提出
建造钢铁灵桥的设想
三次筹款,几经周折
沪甬两地甬商集资 70 万银圆
用当时最先进的技术
用最好的材料
最好的施工队伍
建造最好的灵桥
终于在 1936 年 6 月,灵桥竣工通车
一座崭新的钢铁大桥横空出世
拱梁飞架,横跨奉化江两岸

通车大典时十万市民涌向灵桥
争相欢庆,喜气洋洋!

然而劫难马上降临
日寇飞机的轰炸使灵桥千疮百孔
宁波解放后
国民党的飞机又天天来轰炸
桥面多处被击穿
桥上的钢梁弹孔累累
但灵桥仍然坚强地屹立在江面上!

谁的心中都有一座家乡的桥
灵桥
你唤起了宁波的游子
对故土乡愁的记忆
你凝聚了多少人
热爱家乡的拳拳之情!
谁的身上都有家乡的烙印
灵桥
你早已成为宁波人共同的
骨骼和血肉!
谁的心中都储存着一份情怀
灵桥
你是宁波人民生命之中
最深沉的部分!
每个城市都有自己的记忆和标志
灵桥
你已经升华为我们宁波的

精神和象征!

啊,灵桥
你桥体银色,气吞如虹
你线条流畅,造型挺拔
你是宁波人的骄傲
更是宁波人的情感坐标
想起你,宁波人就
愿意为家乡的福祉而慷慨解囊
看到你,就看到了宁波人
勇于实践、敢于担当的精神面貌
你是我们宁波人的代言
你是我们宁波人
永不言败、坚毅刚强的真实写照!

80多岁的灵桥啊
你伴随着一代又一代的宁波人成长
我们该如何传承你的精神品格
让你继续成为我们宁波
一弯最美的微笑
一道最美的风景!

# 桃源书院

这里的花香和书香相得益彰
花的美丽与知识的传播相映成趣
原来桃花源里不仅可耕地
还能专心致志地讲课、读书

这是一幅多么和谐的古代乡村图
曾经出现在一千多年前的浙东大地
出现在山美水美的四明山麓
出现在三江汇集的宁波西乡

从庆历五先生开学教授乡里
到宋神宗御书"桃源书院"赐之
文化如久违的阳光终于发光发热
浙东大地第一次接受了文化的洗礼
宁波有了最初的文化殿堂
如源头活水潺潺流出
流进了田野、流进了大海
从此宁波崇文尚学的风气得以形成
从此宁波精英辈出,气度不凡
从此"满朝朱紫贵,尽是四明人"!

于是便有了汪洙的《神童诗》
有了王应麟的《三字经》
有了甬上第一状元张孝祥
有了铁骨铮铮方孝孺
有了吾心光明王阳明
有了浙东学派黄宗羲
有了诺贝尔奖屠呦呦
有了书藏古今的天一阁
有了蜚声海外的宁波帮
有了高山仰止的院士林
有了世界第一大港的宁波港!

可是五百年前一场不幸的大火
将她化作一缕青烟
五百年书声琅琅的书院啊
只留下几篇感叹的诗文
和一幅《四明桃源图》
来证明她曾经的存在和辉煌!

然而青山依旧在
桃花败了又会开
现在一座崭新的桃源书院
已巍然矗立在四明山麓
她向人们展示宁波强盛的文脉
还将延续传承,发展创新!

千年桃源书院

作为宁波人
我向你表示崇高的敬意!
向你深深地跪拜
因为是你
催开了那满山遍野灿烂的桃花
你让今天的我们
有了更多文化自信的底气!

# 月　湖

魏明伦《宁波月湖铭》曰:"喧喧闹市之间,叠叠高楼之下。芳园留翠,保存静静一湖;曲径通幽,形若弯弯半月。"

月湖,月之湖
如月亮般温柔
月湖,月之温柔
与甬城千年交融

月湖,不但形如弯月
还有花屿、竹洲等十洲
兼容共存,相映生辉
柔情如水,婀娜多姿

月湖是宁波千年的文脉
王安石长袖办县学
王应麟蒙学三字经
范钦湖畔建书楼
史浩中秋竞龙舟
楼郁书院行笃美
万斯同布衣修历史
全祖望以史弘正气

他们或捋须飘逸
或踏足放歌
或吟诗作画
或讲学授课
或忧国忧民!

月湖是宁波的名胜
"一城名胜半归湖"
"里为冠盖,门成邹鲁"
贺秘监祠、高丽使馆
居士林、关帝庙
银台第官宅帝师故居
多元文化蔚为壮观
世家宅第林立
书楼讲舍遍布
诗社雅集不绝
竹林幽幽,书香缕缕

月湖是宁波清澈的眼睛
"三江六河塘,一湖居城中"
鱼米之乡,丰美富足
灵动的月湖
使甬城富有诗意
更有江南的韵味
造就了宁波柔韧的性格
湖西的竹洲二中
书声琅琅,人才辈出
延续着月湖的风雅

智者乐水，天一生水
水是宁波智慧的象征！

与月湖心语
丰富和柔美令人叹服
与月湖交融
该如何发展浙东的文脉？

第二辑 甬城之歌

# 天一阁

郭沫若参观天一阁后写下一副楹联：
"好事流芳千古，良书播惠九州。"

四百多年前一个叫范钦做的好事
成为现在一座城市的文化标志
在时间的酿造中文化也会发酵
书藏古今，蕴藏着中国悠久的历史

浙东学派黄宗羲登天一阁后感叹：
读书难，藏书尤难，
藏之久不散，则难之难矣！
藏书之"难"到底有多难？

当年月湖湖畔藏书之风盛行
宋有楼钥之东楼，史守之之碧沚
元有袁桷之清容居，明有丰坊之万卷楼
"藏书之富，南楼北史。"

而今已荡然无存，消失在历史的烟雾
留下的只是曾经辉煌的记载
唯有天一阁巍然屹立延续辉煌

成为中华民族的文化瑰宝!

一个"难"字
难倒了多少古代的藏书豪杰
为什么他们没有"天一生水"的睿智
为什么没建立"代不分书,书不出阁"
那些最严酷的制度?

四百多年来,范氏的后代度日如年
四百多年来,他们饱经风霜抱残守缺
四百多年来,他们克服忧患抵御危机
四百多年后,他们终于迎来了解放
枯木逢春,熠熠生辉!

书是文化传播的使者
书是人类文明的标志
天一阁藏书之巨,群书之渊
历史之画卷,艺术之精品
为稀世珍宝,价值连城!

"书藏古今,港通天下"
如何传承发扬这座文化宝库
怎样擦亮这颗东方文化的明珠
后辈须增辉添彩书香之城
以壮我天一精神之财富!

## 天封塔

童谣：天封塔，十八格，
　　　唐朝造起天封塔，
　　　沙泥堆聚成塔，
　　　鲁班师傅会呆煞。

你曾经用沙泥堆聚建成
所以有了大沙泥街和小水泥街
你曾经是宁波城市的桅杆
国外遣使团望见了你，等于见到了
唐朝、宋朝、元朝或明朝

你飞檐翘角，玲珑精巧
你清雅庄重，古朴壮观
一百多年前孙中山先生曾经登上塔顶
把整个甬城尽收眼底
一千多年来你忠实地守卫着这里
几番兵火焚烧，几经台风打击
你始终坚强挺立，屹立不倒！

你曾经是宁波的天际线，

"拾级登危塔,天高手可攀"
可如今在高楼林立的缝隙中
你是那样的矮小
你从强悍的卫士
变成了一个弱小的女子
但你没有丝毫的失落悲哀
因为你看到宁波已成为一艘真正的巨轮
正在展示
"远穷海宇三千界,高出风尘十二楼"
最美的风景!

# 保国寺

你不是以宗教寺庙而闻名于世
你是以精湛绝伦的建筑令人叹为观止
你是中国古建筑中"拒腐"的典范

在湿润的江南,你不但千年屹立不倒
还千年不腐,连虫鸟都不来打扰
你干净得如同世上最后一片净土!

寺院中的"净土池"应该是最好的注释
池中的四色荷花或许也能透露些许信息
但佛国的净土要靠信众们的认同和维护

所以不必去探究古人的那些秘密
还是做好当下每一件与利益相关的事
就像这座干净的保国寺,拒腐到永远!

## 慈　城

以"慈"字为一城的名字
源于古代的一个孝子
在 30 里外为母亲挑来了家乡的溪水
孝母的故事动人心弦
慈孝的溪流源源不断
滋润了二千余年

千年古城
如一个慈祥的老人
粉墙黛瓦，长街短弄
千年的风霜
依然坚固如初
倭寇的烧杀
洋枪队的枪炮
更有朱贵和英军的激战
没有满目疮痍
慈湖般的目光
依然炯炯有神
孔庙的老人还在捻须傲立
威严地讲课

左宗棠早已卸任
他题的"双梧馆"
依然枝叶茂盛
在为国求贤的校士馆前
前来瞻仰的学子
依然步履坚定
那些不变的风俗
和糯中带柔的慈城年糕
依然让游客唇齿留香
都说一年更比一年高!

千年古城
如一个多子的母亲
养育了众多的栋梁之材
5名状元,519名进士
从"淳熙四先生"之杨简
到金融巨子秦润卿
从京剧大师周信芳
到围棋传奇应昌期
从遗传之父谈家桢
到著名作家冯骥才
人才辈出,灿若星空
都是你精心哺育的后裔!

千年古城
如一篇多情的散文
似一幅绝佳的山水画
慈湖、云湖、毛力湖

三湖辉映，水灵秀气
文物古迹灿若云锦
有书院、藏书楼、药铺
更有肃穆的孔庙
庄严的县衙
凝重的考棚
和灵动的师古亭
百年建筑熠熠生辉
亭、台、楼、阁风情万种！

千年古城
你是慈孝的故里
你是文化的圣地
你是青山绿水怀旧的传奇
你是海外游子的魂牵梦萦
你是江南才子的千古绝唱
你更是千年古县城绝版的风景线！

## 上林湖越窑遗址

我在上林湖越窑遗址
捡到了一片青灰色的碎瓷
仔细地洗去碎瓷上的泥
如同洗去过去漫长的岁月

然后我坐在湖边发幽思古
遐想它是被一个窑工所弃
或许是烧得不成器
或许自己觉得还不够满意
抑或是一不小心掉在地上成了碎片
总之它是遍地堆积中的一片
如果我不去捡来
它会永远躺在这里
继续成为这个天然博物馆中的
一个展品

我举目远眺
上林湖风景秀丽
当年这里窑炉遍地
依山而建，沿山麓而上

烟火烧红了蓝天
烧制出多少玲珑剔透的青瓷绝品
更有传说中的秘色瓷
釉色天青，釉面莹润
从上林湖运向宫廷
有些也流入民间
但至今它们还所剩几何？
只有这些不成器的碎片
才证明当年曾经的气象
才揭示了唐宋时期越窑的信息

即使是一块碎片
有时也有它的价值
我决定将洗干净的越窑碎片
带回书房，闲逸时
或许还能和千年前的古人
讲讲闲话，聊聊天……

# 走马塘

走马塘,走马塘
走出了 76 名进士、152 名官吏
走马塘,走马塘
走进了历史的风情
走进了我们的心田

38 代陈氏家谱
一幅耕读文化的和谐画卷
76 幢古建筑
一方水土培育的淳朴民风

君子河的水干净清澈
那是先人的德性品行
从这里走出去的都是君子
文质彬彬、堂堂正正!

雕花镂空的石窗
透出来可是当年的清风?
与其赞叹高超的技艺
不如深思先贤的风情!

中国第一进士村
给予我们的不仅仅是美景
河塘里这一尘不染的荷花
照出了污垢浊气的魑魅!

# 舟宿渡

相传南宋小康王赵构被金兵追击,在此留宿。

如果当年张继不是在枫桥夜泊,而是在
舟宿渡,是否会留下诗句让人感叹?

这里同样有太多的乡愁淀积
据说宋朝的一个皇帝曾夜宿于舟宿渡

虽然他贵为天子却是在亡命天涯
只好在奉化江边的小船上屈尊就寝

那一晚他肯定辗转反侧,忧愁孤寂
可他没有"江枫渔火对愁眠"的妙笔

有时候皇帝还不如落魄的文人
至少文人还有一支能直抒胸臆的笔

千年后奉化江依然奔流不息
舟宿渡只有老人模糊的记忆,找不到历史的痕迹

## 庆安会馆

如果说当时的甬城是一艘巨大的轮船
那么你就是一间非常舒适的船舱
你给闯荡大海的勇士们一个高级的庇护所
你是中国最早的海员俱乐部

戏台上还在使劲地敲打着锣鼓
演戏会抚慰水手与风浪搏斗的痛楚
还有，天后妈祖近在咫尺
航海的保护神会保佑大家平安！

这里可以商量所有的大事
商量走南线还是走北线
商量如何避开风浪、打击海盗
商量船员的福利和股东的利益
商量后勤服务保障
甚至商量船员家属的精神慰藉

这里有精美的朱金木雕装饰
给船员们以高贵和尊严
这里有一对倒挂的蟠龙柱，威风凛凛

使一切魔鬼妖怪都不敢靠近
这里有雕刻细腻的历史和神话故事
为船员们在风浪中加油助威!
这里还有气派的门楼和高大的马头墙
有前后戏台、正殿、后殿和左右厢房
有司账、司书、庶务等严格的管理

这里还诞生了中国第一艘蒸汽船"宝顺轮"
宁波率先用先进的技术征服汹涌的大海
让海盗们闻风丧胆
使中国的航海事业走向了崭新的时代!

庆安会馆,你慷慨无私
你是"知行合一"的践行者
你是"工商皆本"的生动写照
你是"海丝之路"的出发港
你是宁波港口城市的活标志
你更是宁波与海外友好往来的见证!

庆安会馆,你是最高贵的船舱
你华丽无比,又魅力无穷
今天你要用航海人最高的礼仪
敞开"港通天下"、名震四海的胸怀
迎接更多的朋友和客人的到来!

## 老外滩（之一）

这里曾经有太多的繁华也有太多的痛苦
说不清应该是欣喜还是应该感到耻辱

很早时这里是名不见经传、以捕鱼为业的村落
一百五十年前开始有了鲜为人知的故事

从五口通商后她便有了赫赫的名称
那是入侵者给她的一件漂亮的外衣

教堂的钟声是否真的给平静的甬江带来福音
领事馆的特权本身就是对西方文明的讽刺

更有新江桥的冤魂和巡捕房不屈的喊声
而洋行的手段和港口的掠夺加剧了她的贫困

然而西风东渐也给甬城带来了生机
内敛聪慧的宁波兼得中西文化交汇之利

一条条拓宽的马路如同一条条打通的血脉
一家家学校、医院、报馆催开了文明之花

航运业、金融业、机械制造打开了甬商的目光
他们勤奋的步履开始走向世界!

从宁波外滩走到上海外滩又走向世界
从此"宁波帮"成了五大洲响亮的名字!

望着老外滩那些充满西洋风情的老建筑
我仿佛在欣赏一部沧桑的历史大片

剧情从开始时的悲壮到最后的反转
今天的老外滩更是别有一种情调在演绎

然而在奢华的享受、在浪漫的刺激以后
该如何延续前人那不屈的精神?

## 老外滩(之二)

这里曾经是我的第一份职业
在客运码头做装卸工内心却充满欣慰

特殊年代能在城市工作终归是好事
何况劳动光荣,做工人更是荣耀

不久后我就尝到了这份工作的艰辛
每天拉着成吨的手拉车在阳光下奔走

汗水从头顶流到脚跟,浑身湿透
咸齑汤加淡包成了休息时最好的点心

一年后我成了一名船员,非常自豪
在沿海走南闯北装货运输经受风浪

在晕船的煎熬中思念的一定是老外滩
因为那是我们的母港,我梦牵的家啊!

当船舶返回盼望已久的甬江
望到教堂的尖顶我会忍不住流下热泪

这一幕成了我生命中重要的记忆
老外滩是我成长的起点和最初的锤炼

感谢你老外滩,给了我宝贵的下马威
使我能够在痛苦中忍耐、奋起!

感谢你老外滩,有了你这份厚礼
我这一生充满了活力和激情,直到老去!

# 宁波总工会旧址

1926 年 10 月 21 日，宁波市总工会正式成立

在老江东的演武街 2 号
有几幢中式的老旧房子
每次我经过这里都会放轻脚步
生怕吵醒睡在里面的工人领袖

那是在血雨腥风的年代，有这样一群人
他们是杨眉山、王鲲，等等
他们为工人的利益舍生忘死
领导工人罢工、游行，救亡图存
锋芒直指帝国主义及其走狗
他们是一群叱咤风云的英雄！

他们都是坚强的共产党人
为工人运动都献出了年轻的生命
他们是革命的先驱、工人的前辈
我曾经也是一名工人，没有他们
我这个工人的命运可能也会不幸
所以我要向他们表示深深的敬意！

这时候我激起了想唱歌的冲动
唱的就是《咱们工人有力量》!
歌声中仿佛他们手挽手向我走来
我自豪自己也是这支队伍中的一员
是的,无论过去还是现在
我们的名字都是顶天立地的工人!

英雄们已经渐渐地远去
但他们的精神将会永存!
我庆幸在这高楼大厦的中间
有这样一处珍贵的红色记忆
她告诉我们:这就是初心
这就是我们宁波不朽的丰碑!

# 宁波城隍庙

近日,我国遗存最大、展陈最全、塑像最多的单体建筑宁波府城隍庙,在经过修缮后隆重开庙。

你是我小时候见到的最宏大古建筑
神秘、神奇占据了我小小的大脑
那尊城隍老爷的雕塑让我莫名地激动
更有各种小吃让我的嘴巴一直向往

后来就见不到你了,你成了"四旧"
再后来你成了"小吃"和"商城"
但我对吃已经没有了当年的向往
我想再找到儿时那神秘、神奇的感觉

终于在沉睡四十多年以后
小时候的宁波府城隍庙又回来了!
我又见到了久违的城隍庙老爷
见到了宁波特有的朱金漆木雕、泥金彩漆
见到了骨木镶嵌的"三金一嵌"
见到了戏台上精美的"鸡笼顶"
见到了再现的民俗、再创的辉煌
也见到了政府还庙于民的思想解放!

现在才知道这里供奉的是纪信
以纪念他英雄无畏的献身精神
出生在陇西、建功在河南的纪信
与宁波并无关系
为何要奉他为百姓的保护神？

他是汉朝名将，随刘邦抗秦
曾参与鸿门宴，忠心耿耿
项羽有意招降，被他拒绝
最终被项羽用火刑处决……

揪不住的是时光
衔不住的是岁月
悠悠往事终将成烟
然而忠诚是最宝贵的品性
她不会因岁月而泯灭
今天仍然是最稀缺的品质
纪信的忠贞不渝、鞠躬尽瘁
赢得了千秋万代的民心
百姓们才会将他供奉在上
向他虔诚地顶礼膜拜！

小时候我当然不知道纪信为何人
但当时莫名地激动或许是在召唤我：
要做一个有信仰的人
做一个正直善良的人！

## 宁波猪油汤圆

用最好的食材
最用心的手艺
传承甬上最有代表的小吃
宁波猪油汤圆
千年不变的味道

圆润洁白，皮薄馅足
一口咬下去
甜美的猪油芝麻馅
流了出来……
唇齿留香，回味无穷
这是宁波人不会忘却的美食
这也是宁波的招牌点心

小时候盼望过年
盼的就是能吃到猪油汤圆
如果家里的汤团粉磨得多
一直能吃到元宵节以后
嘴巴能甜很久、很久……

这味道至今还能回味
过年的感觉总是和
猪油汤圆的香、甜、圆连在一起
现在吃猪油汤圆已经不稀奇
但再也吃不出小时候的味道
是糖放得不够多
是汤团粉不够糯
还是芝麻不够香
好像都不是
答案始终没找出

也许是小时候嘴馋
也许是小时候没好东西吃
也许现在吃太多反而没味道
好像对，又好像不对
哦，对，对呀……
我忽然想到
那是因为我自己，已经老了
再也回不到那个时候
那个盼望着自己快点长大
能吃到猪油汤圆的
——那个很甜、很甜的
年纪了……

## 宁波中秋节

童谣：八月十六中秋天，月饼馅子嵌嘞甜；
新米蜂糕红印添，四亲八眷都送遍。


天下中秋皆十五
唯独宁波在十六
话说南宋庆元某年又中秋
公务繁忙宰相史浩在杭州
错过了八月十五回宁波
没有陪老母一起过中秋

月到中秋，花好月圆
母亲盼儿回家过中秋
年年中秋十五到
为何今年不见儿？
一起祭月、赏月、吃月饼
可是儿子到家已十六
史浩跪下：孩儿不孝
母亲说：自古忠孝不能两全

此事宁波百姓都知晓
表示以后阿拉十六过中秋

十五的月亮十六圆
何况十六是宰相母亲的生日

从此"八月中秋月饼圆,
节筵都作一天延"
宁波不过十五过十六
十六的月亮更加圆
慈孝的佳话传千秋!

## 十里红装

童谣：梳妆台、子孙桶、大橱小橱与春凳，
　　　红木眠床绷白藤，铜钿老虎亮晶晶……


这里的每一套服装、每一件嫁妆
都是浙东古代女子生活的写照
她们的命运从说媒、送彩时徐徐启开
从做女红、箍木桶、盆桶时渐次展现
从十里红装的吹吹打打中精彩地亮相
从进入洞房后端坐在锦绣花床上正式开始

然而，婚后她们的命运却鲜有人问津
什么千工床、万工轿
什么红肚兜、女儿红
"往往朱门内，廊房相对空……"
美轮美奂的热闹不如长久的厮守
精彩绝伦的表演难抵分离的寂寞
"小白菜嫩艾艾，丈夫出门到上海"
多少女子苦苦地等候外出经商的丈夫
十里红装也无法消解独守空房的忧伤
大红大紫的背后隐藏着难以言说的岁月！

一切华美炫丽的演绎终将归于平静
观众感动的掌声也会很快消失
十里红装以后是更漫长的人生
耀眼的红装盛宴可能是凄婉的悲剧!

## 招宝山

你落定浙东、雄镇甬江
你是我家乡的山
你看着我长大
我望着你懂事

"百舸争流通异域,
一山招宝耀中州"
招宝山,你招来了多少宝
进来了几多财?

不招自来的是侵略者
和你几度过招
但你毫不畏惧
坚守甬江咽喉、镇海关隘!
前面是东海
后面是父老乡亲、兄弟姐妹
你决不后退!
巨大的安远炮台发出怒吼
让法国侵略者落荒而逃

抗倭、抗英、抗法、抗日
你一个不落!

虽然你不高,在我的心中
你就是我们宁波的泰山!
你是一座英雄的山
你是一座宁波人骄傲的山
你傲视海天,永远挺立
你是我心中的男子汉!

"海不扬波千古定,
地无爱宝一山招"
你曾经招来
韩国、日本遣使团的文化交流
你曾经招来
海丝之路的贸易往来
你曾经招来
百舸争流的繁荣景象
改革开放
你曾经招来宁波大港口的建设
正月初五
你把财神招进来
引财气、聚宝气、保平安

招宝山,我家乡的山
你不但招财进宝
而且风光无限

你是一座吉祥如意的山
让游客流连忘返
你是一座通向世界的山
从这里启航——港通天下!

# 龙 山（三首）

据南宋《宝庆四明志》记载：龙山"其山跨东海、西海之门，宛若龙头，龙尾之形，因名伏龙山"。

## 一、雨书

下雨天成全了他读书的奢望
虞洽卿终于背上了旧布缝制的书包
看着儿子在风雨中不断成长
母亲方氏忍不住擦去喜泪继续辛劳

穷人的求学是在暴雨肆虐的路上
知识的雨滴如乳汁落在少年的心田
从此后再大的风雨都不会惧怕
心底已有龙山能将一切艰难阻挡！

母爱如好雨润物，当春发生
雨书为他以后的叱咤风云打下了基础
风雨之后的彩虹谁看见都会叫好
那一抹色彩背后的辛酸有谁知道？

## 二、赤脚财神

一双布鞋寄托了母亲全部的希望
去十里洋场要体面不能让人笑话
针线再密也没有母亲的心思密：
儿啊，要勤快节俭、出人头地！

虞洽卿到上海后下起了大雨
怕将母亲的新鞋弄脏就赤脚行走
提在手里的鞋子还有母亲的温度
进店门时不小心狠狠地跌了一跤
手脚朝天，活像一只"大元宝"！

从此后这家小店生意兴旺
赤脚财神成了他生意场上的绰号
虞洽卿穿着母亲的布鞋当上了跑街
开始了他坎坷又风光的快意人生……

## 三、三北轮船

千百年来龙山第一次听到了汽笛
三北轮船往返宁波、龙山和上海
乡民们笑得合不拢嘴巴，眼睛也不够用
虞洽卿还创办学校，免费给穷孩子读书

孝子之心成了回报桑梓、造福乡民
荣耀之后的淡泊宁静有母爱的光辉

天下为母者是否都有方氏的目光?
中西合璧的"天叙堂"有当初的叮咛!

三北轮船已成了历史的佳话
汽笛声也渐渐远去,热闹归于平静
但伏龙山默默地伏下身子倾诉:
"阿德哥你啥时候再回来?"

## 药皇殿

建造天一广场时发掘到你
你是宋元时代的赑屃石雕
苍老的身躯已经找不到驮着的石碑
你身上的花银、金花银的字样
说明你是宁波药行街最早的见证
这里自古就是风水宝地
这里曾经是药商云集之地

于是在崭新、时尚的天一广场
专门为你建了一座仿宋的灵屃亭
让你重新驮上一块石碑
让你继续负重前行
旁边的药皇殿也因你而保留至今
里面的药皇神农氏该如何感谢你!

你是真正的历史沉淀
见证了宁波药业的兴衰荣辱
你也是宁波的历史符号
据说当初还发掘出 18 块古银锭
可见这里曾经医药发达,药铺林立

古老的中医悬壶济世
医治了多少宁波的百姓
更有宁波的女儿屠呦呦
从这里走向了诺贝尔的领奖台!

中医中药是传统文化的精华
中华民族的宝贵财富
如何传承、弘扬中医中药国粹
如何关爱百姓的生命和健康?
负重前行的飚飓在默默地思索……

# 张斌桥

据记载张斌桥始建于北宋元丰五年（1082年）

在小时候的记忆中
你是一座很高的桥
"摇呀摇，摇到外婆桥"
你就是外婆桥最好的印象

你有三十八级石阶
高达七米的圆拱桥
横跨十米水面
桥面还有八根石栏柱
雕刻着狮子、白象和莲花

据说那些石雕的小狮子
栩栩如生，伶俐可爱
可惜小时候我光顾着玩
没有好好地欣赏它们

说起这座古老的桥
还有一个温暖的故事
一个以打草鞋为生的张斌公公

决心用卖草鞋的钱建一座桥
以方便两岸百姓的往来

有一个卖肉的总是短斤缺两
后来他背上长了个毒疮
在生命垂危之际
睡梦中来了位神仙
要他买下老人的草鞋
送人做功德
毒疮才会痊愈

于是数年之中他将所有的钱
买了草鞋送给路人
他的毒疮渐渐地好了
张斌公公也终于将桥建成
这就是"张斌桥"的来历

然而二十多年前的某一天
九百多岁的张斌桥突然不见
我心中的外婆桥再也找不到了
再也不能去抚摸那些
可爱的小狮子

这里成了繁华的中山东路
车来车往，热闹非凡
不，应该还有张斌桥小区
和张斌桥菜场
供老宁波回忆

听说有人在某处又建造了一座
新的张斌桥
不知为什么
我没有去欣赏的欲望
因为这已经不是我心中的
外婆桥……

## 白鹇桥

1945年9月15日，侵占宁波的日军独立混成第九十一旅团长宇野节少将，率部在此桥附近向中国军队投降

这座桥太小，太不显眼
在水网众多的甬城它根本没有名气
甚至名字也有点儿怪——白鹇桥
白鹇是一种稀有的凶猛白隼鹰

但历史注定它要成为一座不平凡的桥
因为它见证了一段不能忘却的历史
一段宁波人永远记住的历史
一段多少人刻骨铭心的历史！

这座小小的石桥应该还记得
当年，那个不可一世的侵略者
终于在愤怒的人民面前放下了屠刀
低下了罪恶的头！

那一刻，遭受日军四年半蹂躏的
宁波人民
终于爆发出胜利的呼喊
迸发出压抑已久的喜悦的泪水！

那一刻这只白隼鹰也不再沉默
它展开巨大的白色的翅膀欢呼
它用勾曲的尖嘴和锐利的爪子
向侵略者表示出愤怒的力量!

白鹃桥不会忘记
为了侵占宁波,日机从 1937 年开始
对宁波进行惨无人道的无差别轰炸
轰炸 632 次,伤亡达 3217 人
尸体横陈,不忍卒睹啊!

白鹃桥更不会忘记
1940 年 10 月 27 日下午
一架日机在开明街的上空
投下了带有鼠疫病毒的面粉、跳蚤
暴发了一场惨不忍睹的鼠疫
繁华的开明街一夜之间变为废墟!

巨大的悲愤啊
恐怕这座小小的白鹃桥也无法承载!
惨痛的历史啊
使它至今仍然记忆犹新。

今天在它的周围已是高楼林立
沉默的白鹃桥一直注视着
车水马龙的人群中
是否还有人记得这段
令人悲愤的历史?

# 我不能忘记开明街的 1940

我不能忘记开明街的 1940
那是一个怎样痛苦的年份
那是一段难以述说的历史悲剧
至今还在刺痛着宁波人民的心灵!

我不能忘记开明街的 1940
那是 80 年前的一个下午
1940 年 10 月 27 日下午三点左右
一架日军飞机
向毫无警觉的宁波人民
撒下了 2 公斤鼠疫毒菌
于是一条繁华的街区被毁灭殆尽
夺去了 110 多个无辜的鲜活生命!

我不能忘记开明街的 1940
这不是敌我双方的战争
而是针对平民的无差别轰炸
而且比炸弹更有毁灭性的细菌弹!
这是公然违反国际战争法
这是赤裸裸的强盗行径

这是血淋淋的野兽行为
这是绝灭人性的反人类罪行！

我不能忘记开明街的1940
当时的开明街
是宁波最热闹的风水宝地
商号林立，百货陈杂，人声鼎沸
顷刻之间变成了人间地狱
多少生灵惨遭不幸！

我不能忘记开明街的1940
那些不堪回首的黑暗日子
多少人痛苦不堪地哀号
多少人陷入濒死的癫狂！
亲人们一个个倒下，离去
是毫无人性的魔鬼
无情地夺去了亲人的生命！

我不能忘记开明街的1940
最后为了灭绝鼠疫
我们被迫烧毁自己的家园
疫区内所有的住房、商店都付之一炬
繁华的开明街
一夜之间变为废墟、灰烬！

我不能忘记开明街的1940
2002年8月27日
日本东京地方法院开庭

判决日军细菌战中国受害者
民间的诉讼案
审判中首次认定日本 731 部队
在中国发动细菌战
并杀害了无数中国人民的罪行
但是驳回了原告赔礼道歉
和赔偿损失的合理诉求
罪行没有得到应有的清算
他们也没有真正地悔过自新!

我不能忘记开明街的 1940
日军对平民发动的细菌战
铁证如山!
但是日本的态度
表明放弃中国人民给予的自新
这是日本永远无法抹去的污垢!

尽管我们是爱好和平的民族
但我不能忘记开明街的 1940
永远不会忘记这段惨绝人寰的历史!
我们要把开明街建设发展得更好
我们要使自己真正强盛起来
让这种人间惨剧不再重演!
毋忘国耻,励志国强
不忘初心,牢记使命!

## 冰厂跟

你是我抹不去的小时候的记忆
高高的像一座座用草堆起来的山岳
在我儿童的心中产生了神秘的遐想

长大后才知道你是为了储存冰块
让海鲜保鲜,是那个时候的大冰箱
鱼虾还是透骨新鲜,味道交关好喽

至今已不可能再找到你的身影
只能凭记忆描述你金字塔一般的模样
在甬江边默默地注视着船舶的进出

其实你并不神秘,还非常简单
用毛竹架子搭起,再铺上厚厚的稻草保温
只留一道小门——密不透风是你的秘密

即便如此你还是我童年抹不去的记忆
你也是我们这一代宁波人集体的回忆
更是我们宁波先人智慧的结晶!

## 和丰创意广场

潮起甬江东
初心已百年
1905 年的一次集体创意
成就了今天的和丰创意广场

那时候,在冰厂跟旁边
宁波冰厂路二十九号
聚集了一批最早的和丰人
他们决心要造出自己的棉纱
要闯出一条自己的工业之路
要用实业救中国!

但创业之路筚路蓝缕
宁波最初的现代工业
是在夹缝中求生存
惨淡经营,历尽艰辛
即使是浙江最大的纱厂
也要面对洋纱的倾轧
经营环境持续恶化!

到了 1933 年
作为三支半烟囱中的老大
已经到了崩溃的边缘：
亏损严重，债务累累
准备清理资产
拆光分光，关门倒闭！

在决定命运的董事会上
一个穿长衫的中年人挺身而出
他叫俞佐宸
他力排众议，挽狂澜于既倒！
提出整改方案
实施有效措施
和丰者乃宁波人之和丰
"无宁不成市"的甬商
不会轻易低头屈服
没有闯不过去的险路！
实业救国先要救自己
在民族危亡中
活下去才是唯一的出路！

和丰纱厂绝处逢生
风雨兼程，转亏为盈
然而 1940 年 1 月 20 日的一场大火
厂房和机器都付之一炬
损失惨重啊，触目惊心！

这以后又遭受日军的侵略

到了 1946 年
关闭 6 年的和丰
已经满目疮痍，惨不忍睹！
在全厂职工的共同努力下
和丰的机器终于重新转动
但是举步维艰啊
苟延残喘……

真正使和丰获得新生
是在 1949 年 5 月 24 日
我们宁波解放啦！
工人第一次成了工厂的主人
公私合营，当家作主
劳动竞赛，完善管理
鼓足干劲，力争上游！

潮起潮落几十年
风风雨雨多少秋
国营大厂是共和国的长子
一直来贡献最大
付出最多，最为辛苦
然而年老的和丰
还要凤凰涅槃
还要再续辉煌
再展新姿！

2011 年 10 月 20 日上午
和丰创意广场正式开园！

成为创意的和丰
智慧的和丰
现代的和丰
成为浙江省现代服务业
集聚示范区
这是对和丰最好的报答
这是和丰一百多年来
展示出来的最美的笑容!

那幢苍老的小洋楼
还在审视着甬江上的激流
但已经找不到原来的路了
我不是在做梦吧
多么漂亮的和丰啊!
是的,这就是今天的和丰
创意无限,锐意进取
在我们宁波人民的心中
她是永远的情怀
永远的爱!

# 朱　枫

朱枫（1905—1950），女，镇海人。1927年毕业于宁波女子师范学校（现宁波二中）

在二中竹洲校区的墙壁上
我见到了你表情坚毅的遗像
九十多年前，风华正茂的你
正是从这里毕业走向了革命

你出身富裕家庭
但反帝爱国、抗日救亡
你毫不犹豫，义无反顾
你参加了危机四伏的地下情报工作
捐献了自己所有的财产
甚至准备把自己的生命也随时交给
苦难的人民和祖国！

你是宁波优秀的女儿
在解放前夕到台湾开展地下工作
你不幸被捕
敌人的严刑拷打没有使你屈服
你大义凛然、坚贞不屈

保持了共产党员的浩然正气
和铮铮铁骨！

1950 年 6 月 10 日，在台北马场町
你高呼革命口号
神情自若地倒下在黎明时刻
鲜血染红了东海的波涛
你是宁波优秀的女儿
你是宁波人民的骄傲！

2011 年 7 月 12 日
你的骨灰盒终于回到了久别的故乡
家乡人民用最高的礼仪迎接你
迎接优秀的宁波女儿
回到母亲的怀抱！

你是一片红得耀眼的枫叶
在古朴雅致的竹洲岛
有你留下的青春足迹
今天的月湖碧水清波、郁郁葱葱
今天的宁波风光正美、人民更好
竹洲的草木因为有了你的红色基因
显得更加生机勃勃，枝繁叶茂
宁波人民因为有了你的伟大灵魂
追先贤之芳踪，化春雨润人心
宁波人民用你的灵气
滋养生命的张力和正气！

## 殷夫故居

在象山大徐镇一座老旧的宅子
我看到了你少年时稚嫩的照片
小青瓦砖木结构的三合院平房
是你出生、成长清丽的故居
在你居住和读书的房间
仿佛还能看到你活鲜的生命
触摸到你灼热的青春
你活泼、好学、向上、激情！

还在读中学时
黑暗中你找到了
一把照亮前程的火炬
把你引入了一个崭新的世界
你眼前失去了最后的云幕
绽放出纯洁明亮的光芒
于是你有了火轮般绚丽的憧憬
为了实现这个理想
你用炽热的胸怀拥抱那个
冰冷残酷的世界
你用诗和热血组成的枪炮

向那个黑暗的社会猛烈开火！

你创作了近百首充满火焰的革命诗篇
你的诗被鲁迅先生称之为：
东方的微光，林中的响箭
冬末的萌芽，进军的第一步
是对于前驱者的爱的大纛
也是对摧残者的憎的丰碑！

你对"自由"不懈地追求
为了共产主义的理想信念
你入党三年被捕四次，受尽折磨
21周岁还不到就倒在敌人的枪口下
如花的生命过早地凋谢在
1931年2月7日龙华初春的荒野里！

面对死亡你不是没有恐惧
但你对自己说：
"真理的伟光在地平线下闪照，
死的恐怖都辟易远退，
热的心火会把冰雪溶消。"
你和其他23名共产党员一起
用坚定的步伐走向刑场
实现了你为"自由"而奋斗终生的誓言！

"生命诚可贵，爱情价更高
若为自由故，两者皆可抛"
你翻译的匈牙利诗人裴多菲的诗

变成了自己人生的写照
但你抛弃的是自己年轻的生命
和美好甜蜜的爱情
而你得到的是一个共产党员的初心
和对祖国对人民的赤胆忠心！

你是共产党人永远的怀念
你的生命无比可贵
你的爱情无限高贵
你的精神被九千多万党员继承
你是最好的初心典范
你是真正的共产党人
你是共产党家庭中的长子
你为后来者做出了光辉的榜样！

你短短的21年生命
闪耀出无穷的光芒
象山大徐镇的那座老旧的宅子
也容不下你那火焰般的生命……

# 邵逸夫故居

邵逸夫先生故乡为镇海庄市朱家桥邵家

电影王国里的皇帝故居
让人意外和惊讶
这里不是高墙深院
也没有雕梁画栋
甚至没有一块砖雕
没有一面石刻
简单朴素得如同走进了平常人家

答案不难找到
中堂的一副对联：
"雄略鸿图先生信是经营手
新声彩象万里常传桑梓情"
已经说明了一切
在二楼房间
有一本彩色的书
那是邵氏基金会每年捐资项目的样本
一年一本，详细记录，相继不断
虽然他早已故去
但至今还在源源不断地捐献……

听老人说，先生一生简朴
然而从他的手里
一所所小学、中学、大学拔地而起
一座座医院、博物馆、艺术馆
遍布全国，甚至很多国家
几千个赞助项目
几百亿捐助资金
如天女散花一般的美丽！
他是个真正大写的人
他是个菩萨一样的大慈善家！
在他的遗像面前
你会由衷地肃然起敬
深深地敬仰
深深地爱戴！

我在这个百岁老人的故居
久久徘徊，思绪万千
我在想是什么力量支配他
为大众的福祉做出如此多
如此伟大的慈善事业！
在他瘦长的身躯里
蕴藏着何等惊人的能量！
他留给世界的这么多、这么多
不仅仅是无数部精彩的影片
不仅仅是无数个耀眼的明星
而是那么多推动社会进步
造福人民的公益事业！

那么多慷慨无私的精神
那么多难以企及的大爱!
而留给自己的又是那样的简朴
甚至有点儿寒酸……

我想这幢普通得不能再普通的老房子
不仅仅是他的故居
而是一座高高矗立着的
让人敬仰的丰碑!
是一座我们宁波人民永远可以传承下去的
自豪的丰碑!

## 屠呦呦旧居

莲桥街有洁白无瑕的莲花
桥已没有了,应该是座古桥吧
那座小小的桥啊
连接着一个世界级的科学家!

建于民国初年的普通民宅
房间不宽敞,小院很温馨
树下曾经有位乖巧的小囡
孜孜不倦地学习,慢慢成长……

树上吵闹的小鸟早已飞走
但那颗大树不会忘记
在外婆家一直读到高中的屠呦呦
曾经在这里健康快乐地生活

很多孩子在此拍照留影
他们虽然不太知道"青蒿素"
但都会背诵"呦呦鹿鸣,食野之蒿……"
都知道屠奶奶是个伟大的科学家

希望他们长大后像屠奶奶一样
从这里走出去,走向远方
走向上海、北京……世界
走到诺贝尔的领奖台!

这里和天封塔近在咫尺
它曾经是老底子宁波的标志
现在这座小小的宅院
可否作为宁波新的形象之一?

# 院士林

这是什么地方
小坡四周绿林成荫、风景宜人
这是一群什么样的人
一排排,共有 98 尊塑像
神态各异,栩栩如生
错落有致,极富动感

他们或驻足沉思
或大步流星
或谈笑风生
或兴致勃勃
或步履匆匆
或探讨课题
或相互交谈
或举目眺望

这是宁波院士林
他们都是宁波籍两院院士
有胚胎学的创始人童第周
有"生命之父"贝时璋

有遗传学家谈家桢
有断肢再植之父陈中伟
有当代预测宗师翁文波
有中科院院长路甬祥
还有许许多多……

精英荟萃的甬籍院士
令人震撼的群像!
他们来了
迈着坚定的步伐向我们走来!
他们是一座座高山
我们只能仰望
高山仰止啊
心怀敬仰!

为什么他们都从这块土地走出去
为什么宁波被称为"院士之乡"?
我站在一棵大树下独自沉思
我知道在每一尊塑像背后
都有一个生动的故事
这些故事足以说明我们宁波的魅力!

和院士们在一起
我感受到了和风拂面的舒爽
我感觉到了阳光照耀的温暖
这些院士犹如参天大树
他们在这块热土上茁壮成长
肥沃的土地使大树根深叶茂

从古至今浓郁的兴学之风
让宁波成为院士的故乡

他们根基扎实
他们繁枝伸向四面八方
每一簇枝叶都展示出惊人的力量!
他们不断追求科学的严谨
他们的崇高精神和优秀品质
我们该怎样继承和发扬?
我们该如何像他们那样
让生命散发出无穷的魅力
为人类做出巨大的贡献?

## 於梨华

你曾经是宁波小娘
后来成为
"留学生文学的祖鼻"
"无根一代的代言人"

我和你还有点缘分
因为同为镇海人（现北仑）
你的故乡和我的出生地相距不到十里
1980年10月
我的处女作在《宁波文艺》发表
在这本杂志上我第一次读到了你的散文
从此我记住了你的名字
从此见到你的作品我都拜读
从此我成了你忠实的粉丝

但直到你故去我都无缘与你相见
我知道我和你的距离不止一点点
你是高山，我是一辈子都在爬山
力气快用尽还没见到山顶的那个笨小子
你是大河，我一生都在河边行走

却只是在河边戏水的那个小孩
你是星辰，我是对你崇拜、好奇
始终在仰望你的那个孤独者
你是世界级的文学大师
我虽然已经熬白了头发
但还是一个草根的"文学青年"

你也曾熬过了漫长的寂寞与苦闷
才完成了代表作《又见棕榈，又见棕榈》
小说表现的还是苦闷、寂寞与迷惘
一代人的挣扎、苦恼被你写得如此细腻
你发出了"我是一个岛，岛上都是沙
每颗沙都是寂寞"的叹息！

相比之下我生活在天堂
那种"为赋新词强说愁"的矫情
在你的面前显得多么苍白无力
你的作品无形中教会了我如何去创作
你的精神让我懂得了如何去进取
你说"一天不写作
就觉得生活失去了平衡"
我也因写作而感到灵魂的栖息

你曾经是宁波小娘
我也快成了宁波老头
你大半辈子虽然在国外生活
但你始终心系祖国，热爱家乡
我也要继续讲好宁波的故事

因为这是我们共同的根!

现在我们的祖国已张开热情的怀抱
欢迎海外的赤子或者游子
你那"没有根的一代"的苦恼
应该可以结束了……

## 天一广场

**我曾在城市广场公司企划部工作 3 年**

音乐喷泉水的舞蹈曾经让人眼花缭乱
时尚潮流的业态至今还使人流连忘返

我曾经为你辛勤工作、全力付出
在你宏大丰富的诗篇里有我的一份爱

集休闲商贸旅游餐饮购物于一体
2002 年 10 月 1 日宁波的商业航母起航扬帆

那天我傻傻的只会流泪忘记了祝贺
也许为你付出得太多只有泪水才能表达

环境优雅、景观丰富、气势宏伟
你是外地人到宁波的首选，必定要和你深情相约

城市客厅的品牌商品和美食琳琅满目
新老宁波人因你而对这座城市更加热爱！

这里有太多老底子的故事可以细细讲来

除了前沿风尚还有深厚的历史内涵

这里每天的变化使人意犹未尽来了还想来
我也不断寻踪你永远年轻的芳心和容颜

美不胜收的水街碧波荡漾分外妖娆
休闲娱乐的广场和大舞台天天演绎着精彩

巨大的水幕电影景观人像清晰可感
美轮美奂，恍如梦境又仿佛触手可及

音乐喷泉正奏出华尔兹的花式舞蹈
流光溢彩，如梦如幻，妙不可言……

愿天一广场更加迷人永远精彩
愿宁波的中心舞台有更多的人来点赞！

## 波光里的二中

一泓湖水造就一方净土
波光粼粼的月湖
是宁波的眼睛
滋润了千年的甬城

波光里的二中
是眼睛里的风景
绿树掩映的竹洲
早在一千多年前就诗意盎然
一代代文人墨客
在此吟诗作画,讲学授课
"四明狂客"还乡音绕梁
"庆历五先生"留下的足迹
清晰可辨
宁波女子师范学校传出
琅琅读书声
在波光映照的湖水中荡漾
从此衣冠辈出,人才鼎盛
千年书院,百年学校
培育了自称"阿拉"的人民!

波光里的二中
今天儒雅之风依旧吹拂
芳园留翠,曲径通幽
学生们谈笑风生
他们的眼睛和湖水一样清澈美丽
开学典礼上
师生会张开双臂,相互拥抱
师如水无处不在
生如鱼舒畅自由
二中的教育如水一般美妙动人!

上善若水,教育应如水
波光里的二中
有千年古风的传承
有月湖之水的丰盈
因势随形,蓄积涵养
造就智慧型的学校
成就一批批学生
强健的生命无往而不胜!

波光里的二中
延续着鲜花盛开的传奇
志在千里的学子
在此诗意地栖息
他们在波光里留下的记忆
将推动生命中的鹏程万里
去领略岁月的无边美丽!

## 云龙的龙

云龙有龙
这龙从两千多年前就开始遨游
羽人们齐心协力、驾驭龙舟
竞渡、飞渡、欢呼
激起波浪层层!

云龙有龙
这条龙历史悠久、前程无穷
十里水乡,端午风情
龙舟赛事绵延至今
年年有竞赛,村村有龙舟
中国龙舟文化之乡
正在走向五洲!

云龙的龙今天更风流
面对千帆竞发、百舸争流
云龙会抓住一切机遇
和衷共济,拼搏进取
到中流击水
浪遏飞舟!

# 第三辑 心灵之歌

## 国旗升起来了

有一种渴望
穿过沉沉的睡梦
春雷般隐隐压来
多少年,多少年
小草拱动板结的土层
嫩芽毛茸茸生长……

有一种渴望
是夜空劈亮树枝的闪电
摇动着绿叶的癫狂
惊恐的群鸟骇然低下
暴雨压境万马嘶鸣
血管的林木荡起遥远的瀑声!
啊,我的祖国!
今天——1999年12月20日
我终于回到你的怀抱!
澳门回归了
澳门回来了!

像多年远离故乡的游子

今天，在你的怀抱里
我又欢笑，又哭泣
一百五十多年漫长的浪游啊
像被狂风卷走的一粒种子
妈祖阁熟悉我痛苦的身影
大三巴认识我徘徊的足迹
那不平等的中葡《天津条约》
深深地刺透了我心灵的呼吸！
腐败昏庸的清朝政府
竟然将美丽的澳门拱手转让！

侵略者野蛮的炮火
曾映红我不屈的泪滴
斑斑血迹，累累国耻！
为什么中国人要受欺侮压迫
为什么中国领土要被强占掠夺！
我只好默默地离你远去
那不是儿子对母亲的嫌弃
而是出于对厄运的抗争啊！
我发誓一定要回来
哪怕再等一百五十年！

今天
强大的祖国昂首走来
国旗
鲜艳的国旗第一次升起——
在澳门湛蓝的天空
国旗映红了迟开的莲花

心中的海

我的心熔化了
化成一团火
感情的风暴啊
撞击着胸膛的栅栏！
国旗升起来了
升起了一个国家的尊严
升起了一个民族的骄傲！

从今后
我不再是随风飘荡
一扯就断的游丝
不再是寒霜侵蚀
经风离枝的落叶
我是你的儿子
黄河长江是我的血脉
高山峻岭是我的骨肉
九百六十万平方公里的国土
是我的躯体
五星红旗
是我响亮的名字！

有一种渴望
像琴声般悠扬
如阳光下充满了爱意的泪滴
啊，我的祖国
我回来了……

## 七月的太阳

龙的传人,传了多少代?
长城是龙的形象;
然而,悠悠几千年,风吹雨打,
有谁见过它腾空飞翔?

黄河把华夏的儿女哺育,
然而,芸芸几亿同胞,
绵绵九百六十万平方公里,
又有谁见过它改变了模样?

历尽苦难啊,
龙的传人弯曲着伤残的脊梁;
黄河的水啊,流啊流,
流不尽中华民族屈辱的眼泪!
什么时候炎黄子孙能在痛苦中图强?

那是七月里一个晴朗的早晨,
天上的太阳仿佛特别明亮,
南湖的航船开始了出发!
水手们齐心协力,奋发前进,

从南湖驰向波涛汹涌的海洋!

面对巨浪他们昂起船头,
面对暗礁他们把握方向;
终于,沉睡中的巨龙腾空而起,
苦难的人民把《义勇军进行曲》唱响!
从此,母亲就改变了柔弱的模样,
世界的东方挺立起一个堂堂的中华!

每当我沐浴在七月的太阳,
心中就升起无限的敬仰,
今天花儿为什么这样红,这样清香芬芳?
生活为什么这样温馨,充满了梦想?

那是因为我们有七月的太阳,
它抚慰着我们,照耀着我们,
给了我们希望和力量!
它使共和国的明天更加辉煌强大!

面对七月的太阳,
我们心潮澎湃,
思绪迸发似三月的天空杨花飞扬,
感情激荡如九月的大潮层层高涨!

怎样把我们的名字,
写进七月的太阳?
怎样让七月的太阳
照耀到祖国的每一寸土地?

怎样让中华民族的巨龙
在 21 世纪再一次腾空飞翔!

啊,七月的太阳,
你燃烧着,发出无穷的热量,
你赤诚的情怀使得一切污泥浊水都暴露在
你灼人的目光下!

尽管太阳也有照不到的阴暗,
尽管有时乌云也会遮挡太阳,
但太阳不会改变它的热情和力量,
鲜红的太阳将永远光芒万丈!

让我们对太阳充满信仰吧,
坚信光明终究战胜黑暗;
在铁锤和镰刀的旗帜下,
再一次聚集起巨龙般冲天的力量!

# 水的力量

水,万物之源,挥洒天地;
水,沐浴众生,滋润田野;
水,扮靓城市,福泽世界;
水,博大精深,蒸腾九霄!
水能变幻出
青青草地,茫茫绿野,
水能生产出
朵朵鲜花,累累硕果;
人类的每时、每刻,
都与水亲密相伴,
人一旦离开了水,
生命就难以维持。

水挥洒一路智慧,
奉献出一方纯净;
水凝练一种精神,
书写着一片博大。
水的博大和纯净,
使我们懂得了它的力量。
小小的水滴散落于天地之间,

如果凝聚成水流,
凭借集聚的能量,
形成排山倒海之势,
开山破石,雷霆万钧!
水以坚忍不拔的毅力,
以百折不挠的恒心,
战胜了强大的敌人;
它们在广袤的大地上流淌,
以巨大的能量,
形成河流,
形成湖泊,
汇入大海!
这就是水的力量!

宁波缘起千古,落定东海,
早在七千多年前,
宁波人就嬉水江河,
海定波宁。
宁波以水为名,
以水为生,
以水为本,
以水为荣。
水孕育了宁波的品格,
水铸就了宁波的精神。
这里是湖光山色,富庶厚土,
这里是东方商埠,时尚水都。
这里是书藏古今,港通天下!
这就是我们美丽的家园——宁波。

这里是青山、清水、新境界!
一类的水体,
高负氧离子的空气,
是我们生活不可缺少的美酒!
问渠哪得清如许?
为有源头活水来。
在峰峦叠翠的四明山岙,
有一群"亲水、乐水"的人,
他们诠释着蜿蜒流淌
而又清澈软柔的风情;
他们如坚忍不拔的水,
建起了一座又一座水源工程;
他们如以柔克刚的水,
织就了一张水库群联网络;
他们以水滴石穿的坚守,
日夜呵护着这里的山山水水,
承载着城市供水的神圣使命,
用最好的水奉献给甬城人民!
一湾湾清泉通过他们的努力
注入甬城的千家万户。

上善若水,
水善利万物而不争。
然而水能载舟,亦能覆舟!
你对它珍重爱惜,
它们会回报无数;
你对它熟视无睹,

它们也会加倍地报复。
青山绿水就是金山银山。
水的价值使我们懂得：
要更加珍惜和爱护这里的青山绿水。
珍惜水资源、保护水环境，
从我们每个人做起
从每时每刻做起
五水共治，人人参与，
这是我们的责任和使命！

水的博大和宽广，
水的至柔与至坚，
使我们懂得
要如水一般地工作，
如水一般地生活；
要形成爱惜水的强大合力，
坚定不移，坚持不懈。
让我们发出保护水资源的最强音，
保护好我们身边的
每一滴水，每一株小草，
保护水资源就是保护我们的家园，
就是保卫我们的生活，
就是保护我们的生命！
我们有理由相信：
宁波的明天一定会
水更清，山更绿，天更蓝！

## 金翅膀

梦想是春天轻舞的枝头
梦语是你不眠的呼唤
轻轻地，轻轻地
希望在躁动的心灵中翻腾
所有的梦魇已消失在昨天的枕边

如果没有了你
我们的胸膛怎会如此起伏？
是你
用不弃不舍的呼唤
用充满温情的依恋
唤醒了我们眼中沉睡的泪水
一切烦恼与迷茫烟消云散
让我不断地祈求与你相见的日子
和幸福的到来

你能感受到吗？
金翅膀
我踏实的脚步
已咚咚咚地震动了

走向你的道路!
花朵开放在大地深处
执着开放在心灵之中
看着明媚的阳光
我们会无限地向往
希望在梦尖上舞蹈
阳光在蓝天上闪耀
携着大自然的手
和思念的种子
在你飞翔过的大地上
播种自由的涛声!

我们知道
梦想是你奋进的力量
飞翔是你舒展的雄姿
谁说你是折翼的天使
你的生命是一条不涸的河流
激流涌动,走向希望!
谁说你是残缺的生命
你的情怀就像一首不落的壮歌
从你诞生的那一天起就风雨无阻
从你成长的那一刻起
就吹响了一曲曲奋进的号角
你让天上的星星跌宕起伏
谱写出在舞台上说话的传奇
书画作品是你亘古纵今畅快的梦游
影视画面是你西往东顾自在的想象
艺术团豪迈的歌声

更是你激昂澎湃对未来的呼唤!

金翅膀
你的名字是永远的启程和到达
驾乘一路飞莺与流星
穿越日光,义无反顾
启程,划下一道绚烂的公益彩虹
拥抱清风,一往无前
到达,抛洒一场感恩的雨水与甘露
浇灌林木,滋润花草。

让希望腾起欢畅的浪花
让季节在风中诞生
让秋天的果实变成笑脸
啊,金翅膀!
将丰收的镰挥向大地
把泪水深埋在泥土里
让汗水成为幸福的箴言
你的名字是我生命的天空和大地
寻找太阳的脚步和新生的预言!

给风一个向往的地方吧
如今,蓝图已经绘就
新的发展机遇时不我待
面对东海碧空
金翅膀将鼓动强劲的力量
满怀信心和斗志
瞄准目标,搏击风雨,飞向前方!

# 爱,只有爱!

在这个世界上,有这样一群孩子,
他们和别的孩子一样,都是爸爸妈妈的宝贝,
他们不聋不哑,却不闻不问,甚至金口难开。
他们就是自闭症儿童,被称之为"星星的孩子",
他们仿佛来自高远而又寒冷的星空,
他们像星星一样的纯净、美丽,
但也像星星一样的冷漠和孤独。

自闭症犹如感冒一样,
是一种我们至今都无法解释的病,
找不到病源,也找不到彻底治愈的办法。
自闭症在他们与我们之间设起了一道难以逾越的鸿沟,
他们不能与人对视,无法与人交流,
他们无法融入多数人的世界,
甚至轻微的触碰,都会让他们惊慌失措。
他们常常专注于某一件事,
固执地重复着毫无意义的动作。
他们不是自私,也不是对你漠视,他们只是病了。

自闭症让一个个家庭卷入了一场

最残酷、最持久的战争!
他们孤苦无助,他们含辛茹苦,他们以泪洗面,
他们在无法解脱的纠结中苦苦求索——
哪一天是苦难的尽头!

如何让孤独的世界充满爱?
如何让"星星的孩子"同样沐浴着太阳的光芒?
面对他们那双空洞又无助的眼睛,
面对他们那种冷漠又无邪的表情,
面对他们那些简单又固执的行动,
我们难道不能涌起一股
要保护他们、爱护他们、帮助他们的愿望?
自闭症也许不懂世界,但世界应该懂得他们,
爱是无界的,爱是打破屏障的唯一方法,
爱有穿越一切的力量!
自闭症有一颗比常人更加敏感脆弱的心,
需要我们百般而长久的呵护,
用百分之百的爱,打开他们坚固的世界!

生命的价值在于被别人需要,
现在那些美丽的星星的孩子,需要我们伸出手来!
用你们的心去温暖他们脚下的路,
用你们的爱去增加他们前进的力量!
把发自内心的爱播撒到需要爱的心田,
让爱的星空不再寂寞。
未来属于那些有正能量的人!
有位诗人这样赞美太阳:
"你是无私奉献的代表,

你每天释放着大量的光和热,
温暖地球的每一个生灵,
使之无忧地生活。"
"你拔下一根根光焰赐予人,
他们因之灿烂无比!"
朋友们,让我们以爱的名义,
用爱的热情和爱的力量,
给星星的孩子们一个温暖的太阳吧!

## 感谢你，宝贝！

宁波有一位脑瘫姑娘，她出生时便患上了脑瘫，被称为"面条姑娘"，生活无法自理，然而，母亲对她说，"孩子，你想活下去只能靠自己"。并不断地鼓励她去学游泳。于是她用坚强的意志学会了游泳，并在残疾人游泳领域取得了十多枚奖牌，还奇迹般地学会了站立、走路和说话。2015年9月28日，她在网络中认识了自己的爱人。他们于2016年2月结婚。如今，夫妻俩不仅恩爱，还拥有了一个白白胖胖的儿子。作者在他们儿子满月前夕创作了这首诗，并在2016年12月3日国际助残日那天，请一位残疾人朗诵家为他们朗诵了这首诗。

感谢你，宝贝，
因为有了你，花朵开放，果实芳香，
因为有了你，满天的希望随你而来，
因为有了你，浓浓的爱心恒久不变！

因为有了你，妈妈的笑容从此不再消失，
因为有了你，爸爸的亲吻变得温柔细腻；
因为有了你，世上的一切都变得那么美好，
因为有了你，幸福的天空闪闪发光！

感谢你啊，可爱的小宝贝！

欢迎你来到这个美丽的世界,
生活正在你的前方微笑着招手,
愿你享受期望中所有的幸福和快乐!

感谢你啊,可爱的小宝贝!
你是一颗爱的种子,勇敢地冲破泥土的阻挠,
将嫩绿的幼芽伸出地面,
你会茁壮成长,舒展美丽的人生!

感谢你啊,可爱的小宝贝!
愿我们的宝贝永远在爱的海洋里,
愿我们的宝贝在幸福的天空翱翔,
愿你在健康中成长,去获取光明的未来!

感谢你啊,可爱的小宝贝!
现在的你虽然只是一条小得不能再小的船,
但你一定会扬起信念的风帆,
载着希望的梦幻,辟开蓝色的波澜,到达理想的彼岸!

我们祝福你,可爱的小宝贝!
你的明天将无限美丽、无限灿烂、无限迷人!
我们祝福你啊,可爱的小宝贝!
祝福你健康快乐,茁壮成长!

## 我读书，我快乐！

如果有人问我，
世界上最快乐的事是什么？
我说：读一本好书。
因为书能把我们带到遥远的地方，
引领我们跨越时空去旅行。

我读书，我快乐！
读一本好书，
使我们懂得，
天有多阔，地有多宽。
读一本好书，
使我们明白，
山有多高，路有多远。
读一本好书，
能使我们拨开，
眼前的云烟，心中的疑难。
读一本好书，
能使我们看到，
前程灿烂，任重道远。

我读书，我快乐！
用读书点亮人生。
书是知识的源泉，
涓涓地灌溉着我们的心田。
书是我们的老师，
把智慧输入我们的血液。
每一段好句子，
都是思想的骏马。
每一篇好文章，
都是过去与未来的诗篇。

我读书，我快乐！
读书使我们的思想深邃，
读书使我们记住了
路漫漫上下求索的艰辛，
读书使我们记住了
滚滚长江东逝水的豪迈！
读书使我们穿过，
一扇扇生命的窗口，
看到了走向未来的光芒！

我读书，我快乐！
让我们去读懂中国五千年的辉煌，
让我们幸福地愉快地去阅读，
让我们走进文字镶嵌的殿堂，
让我们去获得一种博大而高远的精神，
让我们的思想在无限的时空里飞翔！

我读书，我快乐！
读书吧，
读书能给我们充实而圣洁的灵魂，
读书吧，
读书能给我们虔诚而温馨的情怀，
读书吧，
读书能给我们完美而鲜活的信念！
面对今天灿烂的阳光，
我们一起读书吧！
我读书，我快乐！
我快乐，我读书！

## 秋　叶

落叶的惆怅无边无际
黄昏时和尘土一起被卷起

有人在哀叹
有人说这是收获的季节

有人在悲秋
有人在期待新的春天

有人不忍心落下沉重的脚步
生怕将秋叶踩成腐烂的泥

有人欣喜地将它们捡起：
看，这是一首多么美妙的诗！

# 雨

下雨天我去寻找寂寞
过去的岁月在树林边等待

不知他是否还会踩痛我的脚
雨伞哪里去了？雨水顺着脸颊流……

那个面风带雨的青春再也找不到
化作雨后夕照里的一抹烟霞……

## 杨梅又红了

杨梅又红了
树上繁星般的小红点叫人嘴馋
今年是杨梅的大年
可与往年比,今年的杨梅
红得有点儿艰难
不是很红,红得发紫的更少
不是很甜,酸得也不够味儿

杨梅又红了
往年的杨梅甜多酸少
进口后甜汁充盈
《本草纲目》云:
杨梅可止渴
除烦愦恶气……

杨梅又红了
吃一只甜酸可口的杨梅
能减轻梅雨天
给我们带来的烦躁
但今年烦躁不断

不是一只小小的杨梅能消解得了的
今年全世界都被搅动
揪心的事一件接着一件
今年全世界都在变化
不停地剧烈变化
今年这是怎么啦?

杨梅又红了
其实今年的杨梅并不比往年差
差的可能是我们的心态!
其实杨梅红得匆忙、短暂
我们应该好好地珍惜
珍惜它给我们带来的宝贵滋味

杨梅又红了
生命的丰盈在于内心
用阳光的心态
不惧风吹雨打
从容地感悟面对
自有阳光跟随

杨梅又红了
好好地品尝吧
不管杨梅有没有红透
甜蜜如初心般灿烂
再续人生的豪迈!

## 乡村音乐酒吧

时光停留
音乐如梦行走
光影似水温柔
旗袍轻盈
舞动烂漫

孤独诗意般漫游
怀旧不如传奇
来一份"小城时光"
醇味乡村音乐
遇见暧昧
冲洗过往的郁闷

醉与清醒交替
迷离乡村
唯语言流畅
发酵已久的往事
私心漫漫
美妙蔓延
安逸忘我……

# 致社工

你是保姆,你是政委
你是小棉袄,你是茄克衫
你是二传手,你是千手观音
你是百家事都要管到的"闲账婆"
你是千根线都要用你来穿的针
你是社区里始终脚步匆匆的网格员
你是说学逗唱十八般武艺都要精通的老戏骨!

可你只是一名普通的社工
你付出了智慧付出了汗水
有时未必迎来笑脸
没有受气已经是你的运气
你得到的不多更别说掌声
还有做不完的事,加不尽的班
可是你也有家啊!
你自己的家也要打理,更别说
你的精神也同样需要慰藉……

然而,正是有了你们的日夜付出
这场百年不遇的大疫情马上得到了控制!

这一刻我们深切地感到
除了医务工作者最应感谢的是你们!
是你们默默地辛苦地拼搏
才换来了千家万户的
健康安全、祥和快乐!

你是社工
你是平凡的社工
你普通得在人群里毫不显眼
然而你的平凡连接着百姓的幸福
连接着社会的安宁
连接着中国的强大
连接着民族的未来!

## 致志愿者

不管你来自哪里
不管你从事什么
不管你的民族、性别、年龄
不管你的文化、职业、爱好
你们都有这个时代很响亮
最耀眼的名字——
志愿者！

哪里需要哪里就有你们的身影
哪里危险哪里也有你们的名字
不计报酬，不问付出
毫无杂念，毫不计较
没有豪言壮语
没有响亮的诺言
有的只是默默的贡献
有的只有最好的服务
还有持续的努力
更有发自内心的微笑！

你们愿以无私惠大众

造福社会献真心
你们坚持善念不为己
热情似火力无边
你们身穿红马甲存大爱
弘扬社会正能量!
你们敬老爱幼
你们帮困助残
你们患难与共
你们用真心感动了无数人!

你们的职责是让社会和谐
你们的使命是让世界充满阳光
所以你们伸出双手
帮助每一个需要帮助的人
所以你们敞开胸怀
拥抱每一位缺少温暖又无助的弱者!
你们是蓝天下那朵最美的白云
让太阳折射出你们无私的胸怀
你们是大地上那粒最饱满的种子
定能结出香飘万里的累累果实!

不管你来自哪里
不管你从事什么
你的名字永远是志愿者
是我们这个时代
最美的名字!

## 致教师

### ——第 36 个教师节有感

36 年前我过了第一个教师节
作为职工教师过上了自己的第一个节日
激动得面对领导祝贺说不出话
既感到非常自豪，更感到责任重大！

今天这个光荣的节日我已过了 36 次
尊师重教早已成为全社会的共识
一批批学子成长为国家的栋梁
我们的国家也一天天富强起来

这是用教师的教鞭丈量出来的长度
这是由教师的目光投射出来的高度
这是用教师的汗水浇灌出来的强度
这是用教师的魄力塑造出来的硬度！

教师不是一个简单的职业
你们应该是未来国家的设计师
你们是民族兴衰、优劣的思想导师
你们是理想主义和专业主义的集大成者

你们是学生身体强健、灵魂锻造的再生父母!

在和平时期你们责任不亚于一个将军
在道德层面你们的行为影响着孩子们的为人处事
在知识结构你们的教育将奠定他们的辉煌前程
在精神领域你们的人格决定了学生们一生的财富!

教师不但崇高,更是责任
教师不但光荣,更是可贵
教师不但可贵,更要可爱
爱自己的职业,爱自己的每一个学生
教师不但可爱,更要可敬
获得学生的尊敬,获得全社会的尊敬!

亲爱的教师们,在这个非同一般的节日里
我们向你们表示深深的祝贺!
更希望你们能懂得将孩子交给你们时
所有家长们那寄予莫大希望的目光
愿你们教学相长,健康快乐!

## 今天遇见屈大夫

——端午节有感

每年的今天
在汨罗江畔
或许能遇见屈大夫
他还在痛苦地徘徊
满脸不屈的泪痕
心中悲愤地呼喊!
然而苍天不语
他只有纵身一跃……
变成诗魂!

直到生命最后一刻
他还放不下苦难的人民
《离骚》离不开他心爱的土地
《问天》也问不出混沌的苍天
只有《九歌》仿佛还能隐约地听见……

他心中有人民
人民也会年年纪念他
他坚守的美德

他高尚的情操
他不屈的精神
与山河共存，和日月同辉！
对人民深挚的感情
才是真正的人民诗人！

今年全世界遭受重大灾难！
病毒肆虐，百姓遭殃
纷争不断，天下大乱！
屈大夫如地下有知
或许能再赋诗一首
祈福天下所有的百姓
庇佑他们一世平安：
愿给他们带来吉祥
祝福大家健康快乐！

## 我们在江丰社区挺好!

我们在江丰社区挺好,
也许我们身边的故事太平淡,
也许我们表达感情的方式很笨拙,
也许我们只是一群普普通通的人。

在江丰社区你可以真切地感受到暖意,
你可以闻到泥土和绿叶的芬芳,
你可以听到亲切真挚的情感表露,
你可以看到小区里快乐的居民和忙碌的社工。

我们在江丰社区挺好,
我们的生活如涓涓细流,
有波涛、有激情、有泪水、有欢歌,
有娓娓道来的诉说,
甚至有意见不合的争执。
但我们真情相待,我们和谐相处,
我们密切协作,我们共同提高。

我们在江丰社区挺好,
生命需要温柔来呵护,

生活需要快乐来点缀。
党群议事协商、社会组织议事,
民主调解、志愿服务,
还有健康养生、公益拼团。

我们在江丰社区挺好,
在这里我们有品质、有尊严地生活着,
看日出日落,赏花开花谢,
垃圾要分类,五水共治理,
亲子同编织,文体多义演,
邻里总守望,家和万事兴!
生活因真诚而牵手、
因相濡以沫而其乐融融!

我们在江丰社区挺好,
也许我们的故事不够精美,却真情回荡,
也许我们的社区还不够完美,却潜力无限!
在居民的心目中,社区是慈爱的温床,
社区是绿苗浸染的殷殷寄语,
社区是彼此绽放的心灵的港湾。
社区不变的情感,承载了太多的温暖和幸福!
江丰社区,是一个洒满阳光的温馨家园,
江丰社区,是一个尽显雨露的幸福乐园!
感知生活的静美,缔造生命的价值,
我们在江丰社区挺好!挺好!挺好!

## 桂花雨

一夜风雨
黄花满地
点点桂花
飘逸轻盈
这是醉人的雨点
这是恋人离别的话语
用清香亲吻大地
为明天的爱恋
为大地的盎然生机
释放出最浓郁的绝唱
把细小的生命交给她
默默地化作来日的春泥

# 第四辑 海韵之歌

## 大海，我的父亲

哦，大海，你是我的父亲
是你赐予我生命，给我力量

不知何时起你涌进了我生命的河
我成了你一首自豪的蓝色的歌

我也不掩饰对你的依赖和钟情
因为你是我亲爱的伟大的父亲

你是一位慈祥的老父亲，你历尽沧桑
那起伏不停的波涛是你辛劳的皱纹

平静时你沉默寡言甚至和蔼可亲
你温柔地用波浪的手掌把我轻轻抚摸

有时候你从远方跑来，挟着千军万马的气势
翻腾起欢乐的浪花冲上岸来把我拥抱！

当我不听话时，你也会抑制不住地愤怒
发出可怕的咆哮，摧枯拉朽，甚至汹涌残暴！

不管多么怕你，你还是我最亲爱的父亲
你那宽阔的胸膛让我感到安全和温暖

你浩瀚博大，又是那样的慷慨无私
你宽厚包容，又是那样的凝重深邃

你丰富多彩，又是那样的多情善良
你激情澎湃，又是那样的自由快乐！

你让白帆轻盈地舞蹈，荡起华丽的旋律
你让海鸟尽情地飞翔，赐予丰盛的晚餐

你是鱼类遨游的天堂，给予公平的竞争
你是水手成长的摇篮，赋予海魂的力量！

你是多么的神秘，又多么的迷人
激发起多少人的想象，有人甚至想将你征服

然而，你是大自然中最公正的法官
谁违反法则你会掀起无情的风浪将他惩罚！

有人说父爱如山，你比高山更加深情
有人说你太粗暴，那是你爱憎分明的性格

有时候你温柔得像月亮在你的身上溶化
有时候你湛蓝得似深山发掘的一块宝石

大海，我的父亲，我不会躺在沙滩上，
我要像你一样翻腾跳跃，追求更高的浪花！

大海，我亲爱的父亲，我继承了你勇往直前的本色
像你一样永远充满活力，把你的精神发扬光大！

## 别

把季节变换装进包里，
抗风力一下子增加了几倍。

锚链与江水又一次分别，
流下的可不是苦涩的泪。

水手们可以用汗水冲洗甲板，
纵然孤独也有浪花陪伴。

最可贵的是海鸥紧紧跟随，
那飞翔的姿态多像儿子的奔走。

并不是所有的缠绵都没有力量，
水手们在思念中得到了抚慰、得到了沉醉。

## 归

载着企盼和喜悦,
驶进家乡的港口。
心与缆绳一起抛出,
船和码头紧紧相依。

带来了海产、海鲜,
活蹦乱跳,像儿子的心,
带来了沉重的舻声,
和圆圆的梦。

潮水与月亮一起沉默,
缆绳和桅杆悄声低语,
淡淡的轻雾漫步在沉睡的港口,
细细的微风抚摸着朦胧的船旗。

## 带一条裙子来吧

带一条裙子来吧,
那裙子该有海的色彩;
带一条裙子来吧,
那裙子该有浪的波折。

我不要那种没有个性的款式
女人要有大海般的风采
我不要那种廉价的稳重,
生活要像船帆那样有张有驰

我希望它像一片染着晚霞的白帆,
跳跃着像一团刚从海底钻出来的太阳;
我希望它像一只拍击浪花的海燕,
旋转着似一股龙卷风飞到天外。

我希望穿着它引来无数双眼睛,
我自豪拥有爱人给我带来的七色云彩;
我毫不掩饰,这是我忠贞的袒露,
我毫不夸张,这是我思念的信息。

带一条裙子来吧!
穿着它日里夜里我与你同在,
穿着它风里雨里我与你永远甜蜜;
带一条裙子来吧,
穿着它,等待的日子也会变得短暂。

## 送　别

汽笛已经响了，
你走吧，船上有你的事业。
几回相见，几回送别，
昨日相见，今天送别，
这一个昼夜竟是这样的短暂。

汽笛已经响了，
你走吧，船上有你的事业。
不管你走到天涯海角，
那根粗大的缆绳永远和我的心联结；
不管你什么时候回来，
那爱情的码头永远在海港里等待。

汽笛已经响了，
你走吧，船上有你的事业。
我编织着绵绵的思念，
让你在风浪中也能感受到爱的甜蜜；
我会鼓起情感的风帆，
让你在睡梦中也能得到我的信息。

汽笛已经响了,
你走吧,船上有你的事业。
你是海燕,经得起十级风浪,
你是水手,懂得怎样去搏击、排难;
你有不可动摇的信念,
你有青春赤热的血液!

你走吧,我等你回来,
用灿烂的云霞把你迎接!

## 轮机长

你身上的每一处都沾满了油渍,
你身上的每一根汗毛都是一匹马力;
你注视着每一只仪表的每一次细微的跳动,
你关心着每一只零件的每一次轻轻的呼吸。

你可以不管家里的油盐酱醋,
却对柴油机的食料关切备至;
你无暇管躺在医院里的儿子,
却时刻关注柴油机的起动停和熄。

你的心和气缸的活塞一起跳动,
你的笑声也是柴油机的隆隆欢唱。
当你走回家的时候——
妻子还当你是一台现代化的内燃机。

## 你是船长

你是船长,
你驾驶着摇篮,
你驾驶着大海,
你驾驶着光和热,
你驾驶着生活。

你是船长,
所有的风浪你都不躲避,
因为你心中有爱的桅杆。
你用母爱的罗经(针)编织着儿子的温暖,
你用孝顺的雷达关心着老人的健康,
你用坚强的吊杆举起了柴米油盐的重担,
你用爱情的马力推动了丈夫的事业!
你是真正的船长。

你也有梦,但你的梦是颠簸的,
你也有泪,但你的泪是流向大海的,
你也有惆怅,但你并不惧怕生活的暗礁,
你也有怨言,但你并不计较付出得太多,
得到的太少。

你是船长,
你是真正的船长。

那翻飞的海燕是你矫健的身影,
那浩瀚的大海是你宽阔的胸怀,
那绿色的海岸线是你伸直的手臂,
那闪闪发光的航标灯,
是你明亮的眼睛。
于是,月光下的大海就变得更美丽。
风浪里的小岛就变得更挺拔;
于是,水手们的酒就喝得更欢,
机舱里的歌就唱得更响……

你是船长,
你是真正的船长!
我们虽不在一条航线上航行,
但我们用记航次的笔,
画出了一个又一个信仰的圆圈。
这是送给祖国母亲的礼物,
这是我们幸福美满的生活!

# 水 手

船舶是我家，大海是故乡
海岛是邻居，海鸥是朋友
喝一杯老酒疲劳消除了
喝一口海水泪往心里流
问我苦不苦，风浪最清楚
问我甜不甜，大海任我游
水手、水手，我的兄弟啊
惊涛骇浪握紧信念的拳
风雨同舟共建海上的路
水手、水手，我的兄弟啊
惊涛骇浪握紧信念的拳
风雨同舟建起海上的路！

船员是兄弟，船舵是航向
海岸是目标，涛声是力量
爬一次甲板你就懂得了
做一回水手人生无悔啊！
问我苦不苦，风浪最清楚
问我甜不甜，人生最风流
水手、水手，我的兄弟啊

惊涛骇浪握紧信念的拳
风雨同舟共建海上的路
水手、水手,我的兄弟啊
惊涛骇浪握紧信念的拳
风雨同舟建起海上的路!

第四辑 海韵之歌

## 烟 囱（之一）

你是一只热情似火的大嘴，
对天空有讲不完的话语，
别人不知道你在说什么，
只有海燕才能知道你的心语。

你是一支感情丰富的毛笔，
对大海有写不完的爱情。
别人看不懂你写的情书，
只有船员才能读懂你的诗情。

## 烟　囱（之二）

不要怪我说的话太多，太多，
我的胸中正在燃烧，
我把燃烧留给自己，
给你的只是淡淡的思绪。

那思绪化作美丽的云彩，
飘浮在你颠簸的梦里；
那思绪化作晶莹的雨点，
照亮你永不停息的小溪。

当我不再叙说心中的话语，
我会静静地停泊在你的怀里。
燃烧自己，推动巨轮，
正是为了能更好地和你在一起。

啊！淡淡的思绪……

## 航标灯

都说你是哨兵,
我说你是大海的民警,
哨兵不能暴露自己,
你却把自己的心烧得通红!

## 汽笛声

我爱你的直率和正气,
也爱你的缠绵和悲壮!

当两船相遇,
你忠告同伴谨慎航行,
你是相互谦让的君子;
当胜利返航,
你报告亲人平安回家,
你是送信的喜鹊;
当出现险情,
你呼唤船员们冲锋陷阵,
你是激励斗志的号角!
当起锚远航,
你嘱咐亲人珍重身体,
你是山一样的叮咛;
当举行海葬,
你悼念献身大海的勇士,
你是庄严悲壮的哀鸣!

啊!汽笛,

## 心中的海

你用无畏的呐喊,
冲破了昏暗多险的海天,
你用昂扬的吼声,
征服了大海上茫茫的雾霾和无穷的死寂!
你用嘹亮的歌声,
引来了无数海鸥的盘旋追逐,
你用激昂的旋律,
鼓舞着弄潮儿劈风斩浪!
你经受了大海严峻的考验,
纵然有台风肆虐,
也吹不散你那激情鼎沸的叫喊!
你气壮山河地宣布:
"我是大海真正的主人!"

哦,汽笛,
我爱你的正直,
更爱你激越悲壮的旋律!

## 雷 达

像蓝天中盘转的海燕,
雨里雾里,你的目光刺透海天;
即使是黑夜掩盖着的礁石,
也能清晰地显示在你的眼里。
像一位警惕地守卫着孩子的老人,
远涉在荒山野岭,
崇高的使命使你成为一个历史预言家,
预测着未来的隐患和奥妙,
搜索着变幻莫测的云烟,
寻找着通向胜利的航线,
依靠着信念树起来的支架,
旋转着,旋转着,
直到前面出现金光铺就的航道!

## 锚　链

启动时你毫不犹豫，
并不是你不留恋这片海底的土地，
而是为了更好地投入她的怀抱！

抛下时你奋不顾身，
并不是你不知道海底有礁石，
而是为了更好地磨炼自己。

航行时你昂首船头，傲视海天，
并不是你显示自己的威风，
而是为了随时听从船长的命令。

你从不夸耀自己，
甘心与海水、泥土泡在一起，
尽管你锈迹斑斑，沉在海底，
但船员们都把你扛在肩上、戴在头上。

## 螺旋桨

旋转是你的生命,
生命之花开放在波涛汹涌的浪花里,
因此,你热爱每一寸蓝色的土地,
即使老朽了,也要沉没在这片耕耘过的土地里!

其实静止时你就是一朵巨大的钢花,
虽然你没有芳香,但花瓣柔美,光彩照人;
即使你转不动了,你留给人们的依然美丽,
纵然你成了废料,还能回炉,再次充满活力!

但你不愿离开大海,就像星星不愿离开天空,
你要用强劲的力量雕刻出最壮美的花朵,
你要用旋转的生命开拓崭新的航线,
生命的意义不只是展示,更是不断奋进!

# 舵

你的脉搏和舵工的心连在一起,
你的角度与船舶的航线连在一起,
你的小小的错位会使海损事故增加,
你的轻轻的移动也会使船舶化险为夷。

你是沉默的朋友,
站在轮船的最后,重复着单调的工作,
和活泼的螺旋桨相比,你显得老成持重,
但你决不懈怠,认真负责,
一招一式,回旋有方,
一转一弯,严谨周密。

你是勤劳的师傅,
只要航行,你就不会停止工作,
即使停泊,你也决不离开岗位。
和巨大的船舶相比,你甘愿深藏不露,
你从不宣扬自己贡献的力量,
并且始终修正着自己不足的位置。

# 桅　杆

你是耸立在船员心中的一座丰碑，
你是大海上顶天立地的英雄，
每当我快要倒在被海水浸泡过的甲板，
你就矗立在我面前，我重新握紧生命的舵柄。

不是所有的人都有惊人的胆量，
你并不责怪我的懦弱，
不是所有的胆怯都要被否定
大海毕竟是男子汉的事业。

大海像一张不安定的蓝图，
你是一支热情奔放的巨笔。
你创作着辉煌悲壮的歌剧，
你书写出如诗似画般的感叹！

只有你才懂得什么是信念，
相信自己比相信上帝更有魄力。
男子汉要在关键时刻显示本质，
拼搏中更能塑造永不倒下的自己！

仰望你高大的身躯,
胸中充满了决不屈服的力量
大海上你是坚强屹立的信念
纵然是十级风浪、八面雷电都难以将你击倒!

## 白　帆

白色的遐想溶没在如火的晚霞，
波浪轻轻地摇动着海上人家。

渔灯睁大了眼睛，多像掌舵的老大，
船舱里安睡着疲倦的鱼虾。

千百年摇动着的帆樯啊，
编织着儿子美丽的梦想……

斑驳的船舶啊，铭刻着昨日的泪花，
明天新的动力会推动我们的理想！

白色的遐想腾飞起绚丽的朝霞，
欢乐的波浪奏响大海和谐的乐章！

# 小 岛

我不知道你从哪里来?
这泥、这石、这草、这花,
你孤零零的在海上沉默寡言;
我不知道你为何这样安静?
这风、这潮、这涌、这涛,
你多像一个饱经风霜的老人,
在骚动的大海中只有你岿然不动!

我不知道你在想什么?
或许你在回想过去的岁月,
那时你肯定没有这样沉默,
你也有过激情如火的岁月,
那时候整个地球都在运动,
你肯定也在挣扎——决不屈服!
不想被埋入深深的海洋,
无休止地承受着难以想象的寂寞!

面对命运的不公你坚持了自己的执着,
你看惯了海上变化多端的风月,
忍受着一切对你的打击甚至摧残,

你微笑地迎接船来船往和海鸟的喧闹,
风浪再大你依然着华丽的服装一身翠绿!

我不知道怎样才能将你评说?
你本身就是历史,就是哲学家;
这么多年大海都没有将你淹没,
你的存在就说明了一切——永远生机勃勃!

## 向海而歌

向海而歌
我要向你诉说
这么多年你一直是我的寄托
纵然我听不到你的涛声
看不见你深蓝色的颜容
在我的心中
你是我永远无法的割舍
不会忘却……

# 第五辑 岁月之歌

# 怀念那片海

　　日子如一尾从手指缝间溜走的鱼，正如歌中所唱的，时间都去哪儿了，还没好好感受年轻就老了。回望漫长的岁月历程，在我心里，最不舍的还是那片海。

　　不能说我从小在海边长大，我出生的镇海其实离真正的海还是有距离的。工作后我做了船员，才真正见到了大海，而我最爱大海的平静。风平浪静的时候，在工作空隙，我常常一个人静静地坐在甲板上看大海上潮起潮落，在阵阵清脆的涛声中感受那带有腥味的海风。与大海在一起的还有我的同伴们，我深爱船上那些淳朴善良的船员师傅，是他们，是大海给了我许多创作的灵感。

　　我是个业余剧作者，我的戏剧创作也是从做船员那时开始的。在那些浪花飞舞的美好日子里，我与船员们风雨同舟。1990年的9月，我单位的一艘船在福建沿海遇到台风，在避风过程中搁浅，并且开始慢慢下沉。船长见此情景，果断下令全体船员弃船，游渡到不远处一块礁石上躲避危险。全船24人，当船员都来到礁石，船长挨个点名时，却发现少了一人，大管轮不见了！船员们的眼泪顿时决了堤，一个朝夕相处的同事不见了，这该如何是好！不过，这位失踪的大管轮运气还算不错，并没有被风浪吞没，在海上漂浮了一夜，最后被一艘渔船救起，算是不幸之中的万幸。这件事情发生后，我决心要为那些可爱的船员写一部大型话剧。经过几个月的采访,我写出了自己的第一部大型话剧———《大海情愫》,我将这个作品交给了市工人文化宫的王理石老师,王老师看了之后非常喜欢,将它推荐给了浙江省话剧团团长。

不久省话剧团就要我赴杭州对剧本进行进一步的修改,准备集中话剧团最好的演员将这部作品搬上舞台。我非常激动,一年之中九易其稿,剧本终于在第十稿定了下来。可惜,由于种种原因,这部真实反映海员生活的话剧并没有在宁波上演,并且我也失去了与省话剧团的联系,直到这部戏在海门、杭州等地上演了13场我才从报纸的新闻报道得中知消息,而我的名字从第一编剧变成了"原作者"。

然而这件事没有打消我创作的热情。这以后我创作的电视剧《风雨同舟》因题材新颖,很快被几家电视制作单位看中,准备将其拍成电视剧,但又因种种原因在辗转了宁波、杭州、上海、舟山等多地的电视制作单位后,最终还是胎死腹中。1994年由浙江省委宣传部、省文化厅等四家单位联合主办的全省首届"改革之光"剧本征文大赛火热出炉,我根据自己的《风雨同舟》改编的话剧《蓝蓝的海水 蓝蓝的天》获得了大赛的铜奖,接下来我有幸与九位浙江编剧一起,获得了去中央戏剧学院戏剧文学系作家班培训的机会。

中戏学习使我大开眼界,我如饥似渴地吸收着一切感兴趣的知识。进修回来后,我马不停蹄地去舟山白节岛深入生活,以全国劳模、灯塔工叶中央为原型创作了一部大型话剧《夜太阳》。本来准备用一周时间在岛上体验生活,结果遇到台风袭击,这个不足0.7平方公里的小岛在滔天巨浪中摇摇欲坠,岛上的食物早已吃完,我与守岛灯塔工一起每天喝酱油汤度日,半个月之后才离开小岛。因时间仓促,在第三届"改革之光"剧本征文大赛中,《夜太阳》只获得了优秀剧本奖。但我不甘心,又重新到海岛上去采风，收集了大量渔歌。回来后重新创作，将它改编为音乐剧《夜太阳》，这部作品倾注了我大量的心血，终于在2018年修改后上演。

2001年下岗风潮席卷全国，我也没有逃过下岗的命运。在这家海上运输公司干了25年之后，我失业了，成了下岗大军中的一员。这是我生命中最迷茫痛苦的一段时间，在孤苦无助之中我写下了小品《一双袜子》，虽然这个小品没有演出过，但在我的心中却是最珍贵的作品。后来我将自己近30年的戏剧作品结集出版时，毫不迟疑地将这个小品编录在其中。这以后，我为了生计离开了戏剧创作整整7年，但我对戏剧创作还是恋恋不舍。2008年我应邀为某影视公司撰写杭州湾跨海大桥宣传片解说词，在创作过程中，大桥建设者的事迹深深地打动了我。于是我又一次重新拿起笔来，写作，涂涂改改，创作了一部新的大戏《百年大桥》。接着又创作了反映自强不息的患白血病的面人姑娘的音乐剧《爱心面人》。这两部作品后来都在全国征文中获了奖，我又重新找到了创作的激情，体味到创作的美好和快乐。

2013年3月我的第一本剧作选《浪花飞过》正式出版，这本书从我40多个作品中精选了28个，当年获得了市文联和市剧协的优秀创作奖。今年春我因病不得不辞去了一家物流公司的工作，医生嘱咐我要多卧床休息，但我利用这段时间在家坚持创作。宁波大学食堂张主任的事迹深深地感动了我，我不顾患病采访了张主任，坚持创作了校园歌舞话剧《第五餐厅》。作品出来以后，宁波大学宣传部、团委和学生话剧社团都非常重视，准备将这部戏由学生话剧社团搬上舞台。我有三个梦想，第一个梦想是把我30余年来创作的戏剧作品出版成书，这个梦想在去年已经实现。第二个梦想是带着自己的家人，在宁波看一出我自己写的大戏，这个梦想或许快要实现了。最后一个梦想是，在我不再为生计奔波的时候，以自己坎坷的一生为素材，写一部国企兴衰的长篇小说，这个梦想还没有实现。

　　我爱大海，现在我虽然已远离大海，但大海始终是我在文学道路上走下去的力量！直至现在我依然能在梦中重温大海那熟悉的味道，熟悉的风景。我能从梦中感受到那片蔚蓝的海水，感受到大海的宽广和壮观，感受到我们的船在返航时船员快乐的笑声。有时我从梦中醒来，就有一种想立马奔向大海的冲动，那一刻，眼前一切烦恼事，曾经经历的坎坷和磨难立即变得微不足道了。

# 我在"城市客厅"工作

　　一个城市需要有个真正意义上的广场，它给生活在拥挤都市里的人们提供了一个放松和歇息的空间。在那个广场上，那种拥挤和压迫感会悄然融化，并且能产生许多美好的联想和憧憬。

　　被誉为宁波"城市客厅"的天一广场，就是这样一个真正意义上的广场，而我有幸在那里工作。

　　2002年6月底，我来到天一广场工作。虽然那时主体建筑已完工，但基本上还是个工地，广场上还没有路，到处是建筑材料，但广场雄伟壮丽的景象已初见端倪。这仿佛正是我想象中的广场，而且比想象的更加动人心弦，几乎每一处都充满了诗情画意。

　　我在天一广场的管理公司——宁波城市广场开发经营有限公司企划宣传部工作，负责媒体宣传和广告发布。天一广场全面开业前的工作量非常大。9月份不但没有一天休息，还加了九个晚上的班，每晚都是在12点以后回家，最迟的一天是夜里2点。刚好这一个月我的腰椎间盘突出的老毛病又犯了，每天一边做理疗一边咬着牙工作，腰上还带着特制的用钢片衬着的宽宽的腰带，又热又痒，腰痛时整个腰像是被抽掉了一般，真想躺在地上歇一歇，但不行，还有很多很多的工作等着我，就这样一天天终于撑过来了。10月1日天一广场全面开业的那天，当金市长在广场的中心舞台上宣布天一广场全面开业时，鼓乐齐鸣，白鸽纷飞，喷泉冲天，整个广场成了欢乐的海洋。这时候我的眼泪止不住地流下来，我无比欣慰地对自己说：在天一广场的辉煌里，有我的一份汗水！

开业后第二年年初刚好遇到"非典"，天一广场每天人流稀少，广场的商铺经营户受到沉重打击，这使我的工作压力非常大，而我策划组织和引进了一些活动项目，增加了广场的人气，也提高了商铺经营户的信心。这一年来，我参与策划了几百条天一广场的新闻和广告，参与组织了"春天之约"宁波市摄影作品展、"农行杯"插花大赛、"春天送你一首诗"大型广场主题诗歌朗诵会、"话机世界"市大中专院校健美大赛，以及"避风塘"老干部艺术团迎中秋广场文艺演出等活动，其中摄影展和诗歌朗诵会这两个活动是我力主引进的。摄影展原定 6 天，后来因观者众多，又延长了 3 天，创造了 9 天时间十几万人观看展览的纪录。

当然我的工作也有挫折，也有委屈、郁闷，甚至怒气。每当这个时候，我就利用中午休息时间到广场上去走走，我是船员出身，大海给了我太多的东西，现在天一广场就是我心中的大海，看看这雄伟的广场，看看广场上悠然悠闲的人们，我的心胸好像豁然开朗。

每当夜幕降临，广场四周的霓虹灯在闪烁，广场的四个灯塔将一组组迷离的激光灯照耀在广场上，整个广场在音乐喷泉和灯光的呼应下，变成了光的世界，音乐的海洋。这时我的心灵就变得如一块透明的物体，所有的劳累困苦都会消失得无影无踪。一种自豪的情感油然而生，我——就在这个"城市客厅"工作。

2003 年 9 月 25 日

# 天妃情结

小时候我的家住在大河路（现在的中山东路），与三江口和庆安会馆相近。当时庆安会馆由木行路小学在使用。

10岁那年，我从乡下来到宁波读书，本来准备在木行路小学上学的，因为它距离我家最近，但不知为什么，结果却舍近求远地到了另一所小学——东胜路小学去上学。去东胜路小学上学必须路过木行路小学。这所小学的校门是我从来没见过的，不但高大、古老，还有点神秘，远远看去学校的屋顶像是一座庙宇，比我在乡下见过的庙宇要高大多了。这对于只有三年级的我是颇有吸引力的，因此我非常羡慕那些和我一样背着布书包却能够自由地进出这所学校的学生们。

终于有一天，放学比平时早，我有足够的时间溜进去参观一下。于是我就大着胆子，混入那些正宗的木行路小学的学生中，迅速地走了进去。到了里面，发现被当作教室的房子非常高大，当时的我，脑子里还没有"气势恢宏"，或者"金碧辉煌"之类的形容词，但我真的被眼前的建筑震撼了，特别是那四根石柱，实在太美了！石柱高十多米，其中两根各有一对蟠龙柱，柱上倒挂着一条苍龙，威风凛凛，张牙舞爪，活灵活现；另外两根石柱雕着凤和凰，也非常精美。当时正是"文革"时期，在我的思想里，这东西应该属于"四旧"一类，应该被"破"除的，为何还屹立不倒？我想大概是这些石柱一倒，这么好的房子也要倒塌，那木行路小学也就不存在了。不管怎样，这是我第一次与庆安会馆的"亲近"，而且是大大地开了一次眼界。

　　这以后我有时间就进去玩，慢慢地我知道了一些关于这座建筑的事。有位住在我家隔壁且在这里读书的学生告诉我，这座古代的房子过去住着一个娘娘，叫天妃娘娘。但我有点不相信，她为何一个人住这么大的房子？难道她是地主？但这些离我们太遥远了，我们感兴趣的还是躲藏在石柱后面捉迷藏。有时玩累了，就靠在石柱上，闭上眼睛，想象着自己变成了那条龙，在天上腾云驾雾……

　　后来我参加了工作，成了货船上的一名船员。从老船员的口中我第一次听到了天妃娘娘的故事。老船员告诉我，天妃娘娘确有其人，她本名林墨，生于宋朝的福建湄洲屿海岛，她的父亲叫林愿，生育五子一女。林默出生后一个多月从未啼哭过，林愿就给她起名为默，后人称她为林默娘。林默一岁时见到神像即作揖拜状，五岁时能诵《观音经》，十一岁时能按礼法释神。长大后她能通悟秘术，预知吉凶，能为渔民和船员祈祷，消灾祛病，保护人们海上航行平安。老船员还说，天妃娘娘在我们船员心目中就是大海的女儿，是比天还要高的神。这使我想起我们航运公司有一条跑石浦的小客轮，取名为"天妃轮"。那么我小时候玩过的木行路小学，应该是天妃娘娘住的地方了。原来天妃娘娘有这么神奇的力量，我对她的崇敬之情油然而生。

　　因为我爱好文学创作，经常到市图书馆去看书，一次偶然翻阅到关于天妃娘娘的资料，于是对这位大海的女儿又有了更多地了解。

　　据说有一次林愿带着他的四个儿子乘船到福州去办事，家里只剩下林默和她的母亲。一天晚上，林默在睡觉时突然手脚乱动，她母亲赶忙把她推醒，林默醒后对母亲说："父亲和哥哥在海上遇到了风暴，我两手各拉一船，两脚也各牵挂着一船，嘴里还叼着一船，让他们躲过风暴，就平安无事了，可您一喊，我一答应，嘴一张，叼着的那只船就让风暴给刮跑了。"说完就哭了起来，"这下我大哥的性命就保不住了"。数日后，她父亲回家，说在海上遇到风暴，有一女牵着五条船的桅索帮助他们，渡波如履平地，后来一条桅索突然断开，那就是大儿子的船。这时全家才明白林默能保护人们海上航行平安。从此，林默经常在海上云游，多次救护渔民，人们称她为"神女""龙女"。在她二十七岁那年，随船出海，恰遇到狂风暴雨。林默奋不顾身地在风浪中抢救遇险船民，不幸被台风卷去，消逝于风波浪涛之中。后来，人们就称她为"天妃""圣妃""天后"，也称她为"妈祖"，在南方沿海一带和海岛上都有妈祖庙。随着中国古代航海事业的发展，海外贸易的繁荣，天妃也漂洋过海，在东南亚和日本等地，妈祖庙至今香火依然很旺。我们宁波的庆安会馆里也曾经供奉着妈祖塑像，那里是我们宁波的妈祖庙。

我重新回到庆安会馆是在改革开放好多年以后，那时庆安会馆刚刚重新装饰完毕，作为文物古迹对外开放。庆安会馆与我小时候看到的木行路小学好像很不一样，不但倍感亲切，而且感到里面的殿堂更加神圣庄重。从庆安会馆的简介我知道，庆安会馆又名甬东天后宫，是祭祀中国航海保护神妈祖的殿堂和海船商们的议事聚会场所，始建于1850年。宁波是我国古代著名的港口城市，唐宋以来一直是我国对外贸易的主要口岸，是"海上陶瓷之路"的始发港。庆安会馆是昔日宁波港与海外各国通商、贸易和友好往来的历史见证，也是宁波港口城市的标志性建筑。

我小时候特别喜欢的四根龙凤石柱，依旧静静地肃立着，像四个古代的卫士，守卫着这座被人敬仰的殿堂。镂空雕刻的苍龙依旧威风凛凛，与凤、凰两柱遥相呼应，寓玲珑于浑厚之中。它虽然给人以威猛凶悍的感觉，却是我小时候心中最美好的形象，它是我第一次真正的美术启蒙，它使我爱上了美术课，喜欢涂涂画画。

我后来知道，关于这四根石柱，还有一段惊心动魄故事。

据说这四根石柱是请福建兴化的名师巧匠雕琢而成，但在当时，要运回这些每根高十米、重数吨的石柱，可不是一件容易的事。最后船工巧动脑筋，将其悬装在帆船的船舷外两侧。途中，船队忽遇飓风，风急浪高，海面上不少帆船被狂风刮得船沉人溺，而两艘运载石柱的木船在惊涛骇浪之中因两舷挂装石柱，重力均衡，船体稳定，竟乘风破浪，得以平安到达。船工认为是天妃圣母佑灵，于是在会望门前搭起戏台，演戏三天，如敬神灵，一时传为佳话。

在我儿子稍懂事后，我就带他去庆安会馆，一起礼拜妈祖。天妃娘娘的塑像头顶天后冠冕，右手捧玉如意，表示吉祥如意；左手抚宝座，面呈慈祥，端庄、沉静、神韵飘逸。

我给他讲述天妃娘娘的故事。儿子听了后问，天妃娘娘救了大家，为什么最后不救自己？我说，这就是一种伟大的牺牲精神，有这种牺牲精神的人就会被大家敬仰。

对于天妃娘娘，我有一种发自内心的敬仰。世上最可贵的是患难之中见真情。试想，当风浪铺天盖地袭向大海中航行的船舶时，她义无反顾地出现在你的面前，将你救出苦海，这是何等感人的一幕，何况她还是一个年轻美丽的女子。也许有人说这些都是传说，但人们宁愿相信它是真的，因为这些动人的壮举故事，能给予我们更多战胜困难的勇气。在自然灾难频繁地袭击人类的今天，如果在我们的内心深处有那么一尊风吹不倒、浪压不夸的精神女神，也能助我们更从容淡定地直面灾难，平添一份坚强的力量！

今天，我又一次走进这座神圣的殿堂。我再一次抚摸着石柱上的蟠龙，这上面可曾留下我儿时的梦想？几缕阳光从古树枝叶的缝隙间洒到它们身上，使我恍若又回到了少年欢乐的时光，这威武而又精美的形象将永远留在我记忆的长河中。

愿天妃娘娘的大爱和美丽永驻人间！

# 我为什么要创作话剧《和丰纱厂》

2017年10月21日晚上，一部以近代宁波工商巨子、原宁波和丰纱厂总经理俞佐宸为原型的话剧《和丰纱厂》，在宁波文化广场大剧院上演。这是鄞州区委宣传部当年的文艺精品工程重点扶持剧目和献礼党的十九大戏剧，故事讲述的是1933年因时局不稳、洋纱倾销，和丰纱厂严重亏损而陷入困境，主人公临危受命，出任纱厂总经理，他克服了一系列困难，几年后纱厂迎来了发展的鼎盛时期，没想到这时工厂失火，让经营再次陷入困境……男主角的命运随着时代的洪流起起伏伏，从日寇入侵到抗战胜利，从旧社会到新社会，他不仅保护工厂支持抗战，还在解放前夕留在大陆，新中国成立初期带头支持公私合营等重大变革，坚定立场，从善如流。这部剧生动地塑造了一位坚韧有为、开明进步的宁波工商企业家的形象。

话剧《和丰纱厂》的演出获得了巨大的成功，很多观众感动得流泪，第二天宁波几乎所有的媒体都进行了报道。宁波晚报在演出前已经做了一个整版，题目为《风雨同舟，肝胆相照——宁波工商巨子俞佐宸》，从创作这部话剧的由头切入，详细地介绍了戏中的原型俞佐宸先生，他为宁波的工商业和改革开放的宁波所做出的巨大贡献。演出后，宁波晚报又做了一个整版，题目是《贺玉民：奇思妙构写戏文》，主要介绍我作为一个草根剧作家的艰辛历程，特别是我创作这部戏的过程。此外，宁波电视台也为该剧做了一档专题节目，可以说这部剧引起了宁波市民很大的兴趣。

我不是和丰纱厂的一员，为何会创作话剧《和丰纱厂》？

我姆妈从小在镇海久丰纱厂做挡车工，1960年国家产业调整，久丰纱厂关闭，她和一部分工人并入宁波和丰纱厂。当时只有3岁的我也随母亲来到宁波，借住在当时大河路12号一个私人住宅。当时的工厂福利比较好，职工子女也能享受父母的全额医疗费。体弱多病的我经常生病，而和丰纱厂有一座非常美丽的小洋房是职工医院，一楼是门诊，二楼是住院部。我记得有一次不知生了什么病，很幸运地能到这座漂亮的小洋房去住上几天院，使我感到仿佛就到了天堂，一切都是那么的亲切和温暖。和丰纱厂是我儿时美好的记忆，平时我和哥哥经常找各种借口去厂里玩。厂房很大，机器一排排，工人们在这儿来回穿梭操作，虽然噪音很大，空气闷热，但在我们小孩的眼里处处新奇，我们总是玩不够，乐而忘返。厂里食堂的肉包子特别大，肉很多，特别好吃。每年过年前厂里还给职工家属发洗澡票，所以我们每年盼过年变成了盼到厂里去洗澡，不但可以洗一次澡，还可以玩，还可以吃肉包子。

但是在十多年前，那座在宁波人心中有着很重分量的和丰纱厂拆除了，这么大的一座工厂仿佛一夜之际就轰然倒下，使很多老宁波和和丰老职工内心之中，好像一下子失去一座丰碑。

大概是2007年，我一次次去那里，庞大的工厂只剩下那幢小洋楼和二排车间了。小洋楼孤零零地站在一片瓦砾之中，我在瓦砾堆上发呆发傻，长久驻足，思绪万千，儿时在这里的一幕幕美好的情景又浮现在眼前。我感到痛惜和无奈，有一种想为她做点什么的冲动，以报答她给我儿时的美好。

我想这个百年老厂肯定演绎过许多动人心魄的传奇故事，肯定走过了一条艰难曲折的道路。如果我能将它编写成一部话剧，并且搬上舞台，那么可能会重新唤醒那些老宁波和老和丰对她的记忆。于是我就一次次到图书馆去找资料。越看越兴奋，原来和丰纱厂的老板俞佐宸真有很多传奇故事！

1892年，俞佐宸出生在镇海俞范村。家中有兄弟三人，姐妹六人，他在兄弟中排行老二。1907年，15岁的俞佐宸被送到宁波咸恒钱庄当学徒，两年满师后他就当上了咸恒钱庄的账房。后来，他还担任了中国垦业银行宁波分行、天益钱庄、天一保险公司宁波分公司的经理。俞佐宸的哥哥俞佐庭也是一位金融家，他比俞佐宸大三岁，在二十个世纪三四十年代俞家兄弟就已经是沪甬两地商界的知名人士了。

创建于1905年的和丰纱厂是当时宁波解放前工业代表中"三支半烟囱"中的一支。自清末建成投产，拥有纱锭11200枚，规模非同小可。至1937年，纱锭增加到26000枚，拥有员工近3000人，其规模之大、设备之新，在浙东工业界无出其右，几十年间位居第一，被宁波人公认为"工厂之王"。

但是1932年，受日本棉纱低价倾销的影响，和丰纱厂上半年亏损了44万元，到了濒临破产的边缘。1933年8月，和丰纱厂董事会在上海开会，和丰纱厂负债80万元，固定资产有100多万元，但股东们无力经营，董事会决定对和丰纱厂宣告清理。作为和丰纱厂的监察人和股东的俞佐宸站出来反对，他认为轻易宣告破产不明智，和丰亏损的原因是经营不善和管理腐败，如果整顿并好好经营，和丰纱厂可以继续生存下去。于是，俞佐宸被推为总经理，接办和丰纱厂。

接办和丰纱厂后，俞佐宸一方面先以厂基为抵押向上海的中国垦业银行取得了200万元的贷款作为流动资金，另一方面又着手改善内部经营管理，他不仅禁止纱厂管理人员损公肥私，使用工厂的材料和修理工，还以身作则自降工资削减开支。他提出了纱厂工人死后有安葬费和女工享有产假等规定。此外，他还与技术人员共同研究，开发出了"荷蜂""金财神"品牌的高质棉纱新品。到1937年初，和丰纱厂的纱锭年产量达到了26000枚，和丰纱厂迎来了解放前的鼎盛时期。

但是好景不长，1940年1月20日，因为车间里机器摩擦发热引起火灾，和丰纱厂木结构的厂房和主要生产设备都被付之一炬，经济损失达600多万元，2500名工人全部失业。第二年，日寇在镇海登陆，宁波沦陷，俞佐宸不想为日寇服务，他和家人开始流亡生活。

抗战胜利后，俞佐宸重返家乡。1946年5月，停办了6年的和丰纱厂在废墟上重新恢复生产。俞佐宸满以为抗战胜利了百业待兴可以大有所为，却没想到通货膨胀日甚一日，他经营的几家企业因物价飞涨几乎朝不保夕。他实业救国的梦想被残酷的现实击了个粉碎。在苦闷中，他也和中国共产党的地下党组织有过接触。宁波解放前夕，一些工商人士选择离开宁波去香港或台湾。党组织通过宁波工商界人士沈曼卿传口信给俞佐宸，希望他留在宁波保护好工厂迎接解放，俞佐宸立即去找了他敬重的宁波地方耆老毛懋卿商量，毛懋卿说他自己已经选择了留在宁波，于是俞佐宸坚定了决心留在宁波。

中华人民共和国成立后的宁波百业凋敝百废待兴，俞佐宸等工商人士与新生的人民政权共渡难关。无论是劳军支前支援灾区还是认购人民公债，俞佐宸等工商人士都积极带头、身体力行。1952年11月，宁波市二届一次各界人民代表会议召开，俞佐宸当选为副市长，同时还被选为全国人大代表。1953年1月，宁波市工商联合会正式成立，俞佐宸当选为主任委员。这年5月，民建浙江省宁波支会筹委会成立，俞佐宸当选为筹委会主任委员，全面负责民建、工商联两会工作。此后，他先后担任了第一至第六届民建宁波市委会主委、第一至第八届宁波市工商联主委职务。为了推动宁波的对外贸易发展，1980年他与香港中华总商会会长王宽诚联名倡议，在宁波与香港设立甬港联谊会，并任首任会长，为宁波的对外开放工作做出了突出的贡献。

我想这样的人物我们宁波人应该记住他。而且我们一般所知道的"宁波帮"都是海外的，其实我们本土的"宁波帮"如俞佐宸，也是值得大书特书的，所以我准备大胆地碰下这个无人问津的题材。但要将一位民族资本家作为主角来写还是比较敏感的，而且这类题材还没人碰过。再说戏中人物多，时间跨度长，如何在两个小时内反映和丰纱厂几十年跌宕起伏的历史？又是写真人真事，不能有太随意的虚构。我虽然也写过几部大戏，但历史戏还是第一次写，难度之大早已超出了我的能力。当时我因生计关系，终日奔波劳累，精力和时间都不容许，写这部戏的奢望就慢慢地消退了。

直到2015年初，因生病在家，我才重新燃起了创作的冲动。一是和丰创意广场早已建成（开业时我去过），那真是漂亮！成为宁波的又一张亮丽的名片。二是我感到俞佐宸这个人物形象在我的心中藏匿得太久了，不把他写出来真的难受，真的对不起他，他的不屈服的精神，他为宁波人民做出的巨大贡献，应该将他写出来，并用舞台形象展示给宁波人民观看。于是我一鼓作气，只用了四天时间就将它写成，然后满怀信心地给几个好友和区文化部门的一位领导看，不料都给我泼冷水：一种意见是戏没写好，吸引不了观众；另一种意见认为写这个题材根本是出力不讨好，有点触碰了"红线"。我仔细想想也对，我是个草根编剧，要写好这部戏确实不易，何况写出后谁来演？只好知难而退，将稿子放在箱底。

直到去年二月机会终于来了。在一次公益项目对接会上，我与和丰社区的卢书记对接上这个项目。她立马向明楼街道的领导汇报，而街道分管这项工作的岳书记慧眼识珠，为该剧多方奔走，大力促成，终于争取到区委宣传部、区委统战部、区文联和其他多个部门单位的支持，纷纷出钱出力，并且在 5 月 26 日召开了一个高规格的剧本研讨会，市文联原领导杨东标等戏剧界老师为剧本把脉，导演应老师更是调动他 50 多年的舞台艺术经验，多次提出宝贵的修改意见，这样六易其稿后，剧本终于通过。于是我们就组建业余剧组班子，进入二度创作。其间自然十分艰辛，但总算一步步地走过来了。

我想这部剧之所以能成功，一是各方领导的支持，二是百年和丰是历代宁波企业家励精图治、创业创新精神的集中体现，对宁波几代人都有着深刻的影响。市委、市政府果断决策，在拥有百年历史的原和丰纱厂遗址上全新打造以工业设计为主、其他相关创意产业为辅的和丰创意广场，为宁波工业加快转型升级搭建了一个新平台。极具时代气息的和丰创意广场本身，就是一次成功的创意。

在美丽的甬江东南岸，五幢高楼临水矗立，一座气势恢宏的现代城市示范综合体，预示着和丰再一个百年的辉煌。历经百年沧桑的小洋楼，位于五幢现代化的高楼之间，交相辉映，进行着一场跨越时空的对话，融入了一个创新与创意共存、时尚与传统互融的智慧街区。在历史风沙中坚守下来的和丰，不仅向宁波人民兑现了振兴民族工业的承诺，还造就了宁波人的自豪感和归属感。

# 劳模精神鼓励我创作话剧《灯塔》

叶中央是宁波工人的杰出代表，在他身上集中体现了宁波工人敬业爱岗和坚守事业的工匠精神。一个多世纪以来，叶家五代灯塔工与大海相伴，在茫茫大海上孤守灯塔，无私奉献，指引万千船舶航行，守护一方水域平安，用生命和坚守谱写了一曲爱岗敬业之歌。2018年"五一"前夕，一部以全国劳模、"2016年感动中国"入围奖获得者、灯塔工叶中央同志先进事迹为原型的话剧《灯塔》，在宁波狮山剧院首次亮相。叶中央的儿子叶静虎、孙子叶超群和800余名观众一起观看了演出。这部戏展示了一个普通家庭在大时代历史进程中所走过的艰难曲折的道路，讲述了一家五代人在茫茫大海里坚守一百多年灯塔的坚韧、奉献的核心精神，赢得了观众经久不息的掌声。情至深处，不少观众数度落泪。

创作这部话剧要从20多年前的1995年夏天说起。

1994年因我创作了反映海员生活的话剧《蓝蓝的海水 蓝蓝的天》而获得了由省委宣传部等四家单位联合举办的全省首届"改革之光"剧本征文大赛铜奖。由此，次年的3月至7月，我有机会与省内其他九位专业或业余编剧一起到中央戏剧学院戏文系进修学习。结业后，省戏剧家协会要求我们每人交一份创作提纲，我就上交了以叶中央先进事迹为原型的话剧《夜太阳》的创作提纲。我当时在宁波海运公司工作，叶中央所在的单位与我公司同属交通系统,他的事迹我早有所闻。早在1988年他就被授予全国"五一"劳动奖章,1989年被国务院授予"全国劳动模范"称号,多次受到了党和国家领导人的亲切接见。

  这个提纲引起省剧协秘书长吕建华老师的兴趣。那年8月初他和我一起上叶中央工作的白节岛灯塔深入生活,但不巧那几天叶中央刚好要去开会,于是我们先在嵊泗他的家里两次,采访了他的家属,又在白节岛上采访了三位灯塔工和一位家属,获得了大量创作素材和深刻感受。叶师傅给我的感觉是一个非常普通的工人师傅,与我过去在船上工作时的师傅们没有两样。他话不多,说话非常实在,没有丝毫的情绪化的词语,说起那些感动很多人的过往,好像在说别人的事。叶中央一生大起大落,当时他一家已是四代人坚守灯塔,有三位亲人被大海夺去了生命。妻子女儿去世以后,他在精神上遭受了很大的打击,却依然坚持在灯塔岗位上兢兢业业,这种内心的苦楚别人是难以体会的,然而他说得很平静。他说爷爷当上第一代灯塔工,在当时那是一份能吃饱饭的好工作,他父亲和他当灯塔工也是顺理成章的事。说到失去父亲和妻子女儿时,很多思想心里确实很难过,特别是当妻子和女儿发生海难时,他有好多天没说话,也有调工作的想法。但他最后说,在海上出事故也是难免的,自己既然当了灯塔工还是要做好这份工作。他说要儿子接班时征求过儿子的意见,儿子原来的工作收入要高得多,他做了很多思想工作儿子才同意接班的。这些看似平静的话却深深地打动了我,我感到了一种灵魂的震撼。

  我们原计划在岛上体验一周生活,但临走时台风袭来,又多住了六天。在这十多天的海岛生活中,我不但深刻体验了灯塔工长年累月在岛上坚守和维护灯塔的艰苦,还感受到那份常人难以忍受的寂寞。我是船员出身,按理说我已习惯了在海上孤寂漂泊的生活,但没想到灯塔工的工作比船员更寂寞、更难熬。他们长年累月在岛上，半年十个月不回家是很正常的，像叶师傅为了给小青年多些时间找对象经常一年多不回家。这次在岛上，最要命的是储存的食物吃完了，那时候岛上还没有冰箱，一般储存的菜只够吃一星期左右。因为遇到台风，补给船出不来，到第十天我们只好用酱油汤下饭吃了。实在吃不下饭就冒险用绳子绑住身子去礁石边挖贝壳类的海货。这段生活为我留下了一本采访笔记，并且我在岛上完成了《夜太阳》的初稿。

但因种种原因《夜太阳》只获得了1996年第三届"改革之光"剧本征文大赛的优秀剧本奖。我心有不甘，2000年我重新深入岱山岛等渔村采风，采集了一些渔歌。回来后对剧本做了重大修改，变成音乐剧《夜太阳》。我带着剧本找了几家演出单位后都无功而返。2013年，我的剧作选《浪花飞过》出版，我将此剧收编在书中。书出版后，我托人将一本书送给叶中央。

终于在去年年底，这部20多年还没有登上舞台的老剧本，被市总工会的一位主要领导发现，在他的鼓励下，我对剧本又做了一次修改，并在2017年1月初以市总工会的名义召开了剧本评审加工会议，邀请专家对剧本进行评审，并提出了很好的修改意见。大家认为市总工会推出这部戏非常及时，并看好这部戏将会引起很大的反响。这以后，《夜太阳》还荣获市文联文艺创作重点项目。

为了创作好这部戏，2017年1月9号至11号我们剧组第二次深入叶中央孙子叶超群工作的七里岛灯塔体验生活。在岛上的三天时间里，我们四名主创人员与三名灯塔工同吃同睡。因为快过年了，我们还与他们一起开了一个小型的联欢晚会。那天夜里闹腾了三四个小时，我们这些人都有"戏"，所以好戏不断，灯塔工也被感染，也拿出拿手节目来与我们分享。虽然只有8个人（还有一位是镇海航标处领导），但现场气氛非常热烈。灯塔工说在岛上从来没这么开心过。我感到叶超群是一位很有时代感的青年，他生于1988年，是叶家第五代守塔人，2013年从父亲叶静虎手里接过"接力棒"。他说爷爷是一个非常执着的人，一般人如果家里人因为这个工作去世，肯定不会再坚持干下去，但爷爷似乎在用坚守这种方式化解思念和自责，他真是把守塔当作一份事业在经营，而且还希望后辈能够把这份事业传承下去。已经守塔4年多的叶超群从刚开始上岛两三天就想家到如今完全适应，他说，现在岛上的条件比爷爷、父亲那一辈好很多，有网络有空调，一周下岛一次，而且现在灯塔操控已经完全自动化，相对早前的工作量已经轻松许多。

与我20多年前在白节岛相比，在七里屿岛上我看到了现在岛上的生活条件发生了很大的改善，但岛上好的工作作风一点也没变。比如所有机器设备与过去一样，都保养得非常清洁且有序；所有的记录，包括每天日出日落都记得清清楚楚。这些细节使我感觉到叶中央这代人一丝不苟的工作精神得到了很好的传承。在一个枯燥寂寞的行业中如何把敬业奉献的精神发扬光大，说起来容易，做起来并不容易。岁月变换，不变的是这种精神的延伸和弘扬。我们主创团队在岛上始终被生活中的人和故事中的人物所感动，正是这种精神不断激励着我们要创作出一部出色的话剧。

最后，在市总工会等单位的大力支持下，这部改名为《灯塔》的话剧，经过八易其稿的剧本终于定稿。主创团队克服了时间紧、难度大等障碍，最终确定了该剧独特的艺术风格。剧情跨度50多年，还原了叶中央生活中的几个重大的节点，在他人生几番大起大落中，在与亲人的生离死别和极端环境的考验中，从人性的角度去雕刻他的精神世界；在两任妻子和老丈人的支持下，他像一块礁石，任凭风吹浪打，坚守灯塔一生不变；他燃烧自己，只为照亮航海者前行的路，为他们指引航向，完成了百年薪火从坚守到传承的动人交接。演员朴实的表演，让观众在剧场里体验了一小时四十分钟的心灵震撼,为观众筑起一座精神灯塔,寻得一座明净的灯塔——在观众的心目中最终他也成了一座灯塔,照耀着我们每一个人——这种始终如一永葆初心的崇高信念,几十年如一日的坚守精神,正是我们每个人应该去学习的榜样和典范。

# 最早提出"甬商"称谓的是孙中山

宁波的简称是"甬",宁波的商人就被称为"甬商"。其实"甬商"这个称谓过去并不流行,宁波商人更多被称为"宁波帮"。那是因为宁波商人在商业领域做得相当出色,尤其是海外的宁波商人,以包玉刚为代表,一大批著名商人构成了"宁波帮"。但实际上在"宁波帮"称谓出现之前,"甬商"称谓早就有了,最早提出"甬商"的时间是1916年8月22日,是中国民主革命的先驱孙中山在阿拉宁波说的。

这要从孙中山与宁波的渊源说起。

孙中山是伟大的民族英雄、伟大的爱国主义者、中国民主革命的先驱者。孙中山热爱祖国、献身祖国的精神,受到宁波商人的敬仰,他们积极支持孙中山的革命斗争,做出了巨大的贡献。1905年8月,孙中山创立中国同盟会,赵家蕃、赵家艺、吴锦堂、李征五、徐荪初、虞洽卿等十多位宁波商人加入同盟会,成为第一批会员。他们积极筹措经费支持孙中山反清复国的革命,和孙中山结下了深厚的友谊。以赵家蕃、赵家艺兄弟为例,赵氏兄弟在孙中山最困难时提供活动经费。赵家蕃等人去法国巴黎经商,以所获利润达百万余元资助孙中山从事革命活动。1907年,孙中山先后在两广的潮州、惠州、镇南关等地发动起义,所需款项巨大。赵家蕃和赵家艺当时在上海经商,手头现金不多。得知消息后,赵家兄弟双双赶回宁波,把祖传的三百亩田产全部低价售出，将所得的现款全部捐给孙中山，以接济孙中山的急需。后来，赵氏兄弟破产，但他们为革命而奉献的精神不变。当时孙中山先生号召以理论宣扬革命，赵氏兄弟积极响应，凭借自己的人脉，想方设法筹集资金，并在上海创办了《商报》。《商报》以反对帝国主义侵略的社论和述评而闻名。孙中山很看重赵家艺创办的《商报》，称该报为"忠实的党报"。

1912年1月1日，南京临时政府成立，孙中山为临时大总统。新生政权最大的困难就是财政捉襟见肘。孙中山任命赵家蕃为造币厂厂长。甬商朱葆三出任财政总长，他为筹措军需设中华银行，请求孙中山出任董事长，孙中山欣然同意。朱葆三出任董事局董事，为中华银行提供股本20万元。中华银行军用钞票一度风潮突起，朱葆三经手与承裕、恒祥等钱庄商借10.5万两白银，每家钱庄以军用票1万元作抵押，议定利息按市折加1厘，用来维持军用票信用，以弥补每月用款百万之数。因信誉良好，深受民众欢迎，为南京临时政府及沪军都督府提供了一定经费。

1916年8月，孙中山应浙江省省长吕公望之邀来浙江视察，22日到宁波的时候，赵家艺到江北岸火车站迎接，并全程陪同，直至8月23日下午孙中山从外马路永宁码头离甬。孙中山到过赵家艺的家，在他的家里拍摄了一张单人照。次年，赵家艺长女结婚，中山先生单独以刺绣屏风一架赠送。正是这次宁波之行，孙中山第一次提出了"甬商"这个称谓。

1916年8月22日下午，孙中山先生来到浙江省立第四中学（宁波中学前身），在该校大礼堂作了一场有关宁波的演讲，发表了热情洋溢的演说。他说："浙江的开通、安定和富有属全国之冠，而宁波又为浙江之冠。宁波虽然开埠在广东之后，而风气之开不在广东之下，宁波商人遍布全国和世界各地，经济实力非常大"，"凡吾国各埠，莫不有甬人事业，即欧洲各国，亦多甬商足迹，其能力之大，固可首屈一指了"。他盛赞"宁波人对工商业之经营，经验丰富"。由此可见宁波商人的雄厚财力、奋斗精神以及经商传统和成就给孙中山留下了深刻印象。他对甬商高度评价："宁波人素以善于经商，且具坚强之魄力。"最后孙中山为宁波制定了一个目标，成为中国第二个上海："故兄弟今日只所望于宁波者，以宁波既有此土地，有此资力，苟能积极经营，发奋自强，即不难成为中国第二之上海，为中国自己经营模范之上海。"而要实现这一宏愿，关键在于讲求水利："宁波地方以地位论，其商业之繁盛，不亚于在上海之下。而上海商业之所以繁盛，实在于其外洋之总汇。宁波人若能悉心讲求水利，其情形未始不如此……若能将甬江两岸筑一平行之堤，则小于淤积之患，极大之轮船可以出入，则宁波之商务，自无不发达矣，此所望于宁波者之也。"孙中山先生这里所讲"甬商"，也就是"宁波商帮"的意思。在这段话中，孙中山先生实际上把宁波发展的两个关键——"甬商"与"甬江良港"，人文和地域的优势，已经联系起来提出。

  现在宁波已进入创新驱动的新时代，加快从传统双轨经济、工业经济向新经济转型。创新驱动的实现，不仅要强调创新主体的核心作用，还要增强创新的意识与精神，而"甬商精神"已成为创新驱动的文化源头，也是新甬商精神的文化内核。因此我们要发扬灵敏、务实、守信、低调和吃苦耐劳的甬商精神，凭借外向经济、港口经济等优势，进一步抓住制造业全球化机遇，使宁波迅速成长为制造业大市。

# 讲好宁波故事

2018年马上要"翻篇"了。这一年过得特别快,快得好像来不及停下来"回味"一番,就要溜过去了。虽然现在没人要求我写总结,但内心还是想"总结"一下,这一年中自己到底做了些啥?我傻傻地想了半天,终于可以用六个字来概括我忙碌的一年,就是:讲好宁波故事。

有人说宁波不缺少故事,但缺少讲宁波故事的人。好像是这么回事。这几年我正在积极地争取做一个"讲好宁波故事的人",而且用比较"高大上"的话剧形式来讲故事。前年创排了关于一个宁波自闭症家庭的话剧《天上的星星会说话》,去年创排了反映宁波近代工业"三支半烟囱"之一的话剧《和丰纱厂》,今年创排了反映宁波全国劳模、五代人守灯塔的叶中央的话剧《灯塔》。一个业余作者,几乎用自己的力量,三年中将三部大戏搬上舞台,而且每部都反响强烈,一般人想想都觉得头大,然而我确实是做到了,但其中的艰辛难以言表。我感到在这三年中,最艰辛的还是今年。

要讲好宁波故事,关键是"好"字。为了这个"好"字,今年1月9号至11号我带领话剧《灯塔》主创人员,深入叶中央孙子叶超群工作的镇海七里屿岛体验生活。在岛上的三天时间里,我们四名主创人员与三名灯塔工同吃同睡。因为快过年了,我们还与他们一起开了一个小型的联欢晚会,现场气氛非常热烈。灯塔工说在岛上从来没有这么开心过。我感到叶超群是一位很有时代感的青年，他生于1988年，是叶家第五代守塔人，2013年从父亲叶静虎手里接过"接力棒"。他说爷爷是一个非常执着的人：一般人如果家里人因为他工作而去世，肯定不会再坚持干下去了，但爷爷似乎在用坚守这种方式来化解悲痛和思念，他真的把守塔当作了自己的一份事业，而且希望我们能够把这份事业传承下去。我们在七里屿岛上体验到了灯塔工的艰苦和不易，并将它融入创作之中。回来后剧本改了一稿又一稿，直至开始排演还在一幕幕改，不知改了多少稿。从剧组成立到演出只有两个多月时间，而演员全部是业余的，没有资金，没有人员，甚至没有固定的排戏场地。剧组克服了难以想象的困难，而我这个"当家人"又在最紧张的时候头上生一种"挤身龙"的病，每天夜里疼得睡不着觉，而白天还有忙不完的事。但我没有垮，在我最困难的那些夜晚，我仿佛航行在大海中，看到了那一点闪亮的灯光，它在我眼前欢快地跳跃着，那便是灯塔，是再度点燃我心中希望的灯塔！我想叶中央能在岛上坚守40年，我为什么不能坚持下去？真的是叶中央的精神鼓舞我和大家一起咬牙坚持下来，并最终得到了市总工会领导的肯定和观众的掌声。当4月27日晚这部戏首演时，当观众的掌声一次次响起时，我所有的付出都随着热泪，幸福地滚落下来。

《灯塔》还在排练时，一部题材更大的讲述宁波故事的戏早已在我的电脑上几次修改，这就是反映一百多年前孙中山来宁波视察的话剧《孙中山在宁波》。这部戏以叶立标老师（该戏的合作者）最新的研究孙中山在宁波的史实成果为主要素材，以孙中山1916年8月22日至25日的宁波四天的行程为主要情节线索，以孙中山博爱精神和宁波人民对孙中山领导的革命的支持为主要情感线索，以孙中山与宁波同盟会战友的革命友谊为主要情节展开，写出美好的宁波遇见生动的孙中山，其中有不少动人的故事和百年前生动的历史画面。我感到这部戏比以往任何一部戏更难写。就像我的一位老师说的那样，这个题材一般是省一级的话剧团才会去碰，居然由你这样的业余团队去搞。民革市委会为此剧召开了一次高规格的剧本讨论会，大家也说这题材难搞。但不管如何难，我一定会坚持！我会继续讲好宁波的故事，因为我看到过灯塔发出的光芒。现在剧本已修改了七稿，我们计划明年的 8 月 22 日，也就是孙中山 103 年前来宁波的那一天首演，并向建国 70 周年献礼。

2018 年 12 月 16 日

## 忘不了那两个专版

我与《宁波日报》的故事比较多，因为多所以也很难取舍，不知写哪个好，想来思去还是写印象最深刻的那两个专版吧。

一个是去年7月，因为我连续3年自己创作、自己组团创排了《和丰纱厂》等三部话剧大戏，而且正在创排第四部《孙中山在宁波》，所以日报的小周记者要来采访我，准备做一篇大一点的人物专访。当时我正为这部戏忙得焦头烂额，本不想接受采访，但觉得能为这部戏做点宣传，就接受了。记得采访是在5月底，那天采访了大半天，当我说起自己艰难的创作经历时有点小激动，几次想流泪，怕小周难堪终于没流下，但我感觉小周也有点被感染。采访结束后她说，我会把你的这段经历好好地写出来。但采访后就没有了消息，我天天翻阅日报，始终没有这篇专访，也不好意思问小周。我想大概是对我的专访已经太多，这次编辑就不用了。在此之前《现代金报》《宁波晚报》和《鄞州日报》都分别做过我的专访，还配发了我的照片，《现代金报》和《宁波晚报》都用整版的篇幅。快两个月后的7月23日，那天一位朋友在微信中告诉我在《宁波日报》B1版有三分之二的版面刊登了题为《一位业余编剧的破茧成蝶》的人物专访，就是写我的。当我看到这张报纸时，心情激动得难以言表，当时因种种原因《孙中山在宁波》暂时下马了，何时能复排不得而知。那些天正是我内心极度痛苦的时候，剧本共写了16稿，运作了一年半，剧组都已搭建好，结果要半途而废。而这篇文章重新给了我勇气，使我审视了自己走过的不平坦的创作道路。我经过了多次的失败挫折，多次的"夭折"，多少回的迷茫和失落，才迎来了我现在的创作丰收期，面对这个来之不易的丰收期，我不能退缩，而是要更加积极地去讲好一个个宁波的故事。于是我马上投入一部新的话剧创排，仅用一个月时间，一部《雨下个不停》的小剧场话剧就和观众见面了，又一次赢得了观众的掌声。现在《孙中山在宁波》也在紧张的排练之中。

另一个版面是17年前，那时我在天一广场企划部工作，负责宣传报道。天一广场是当时宁波唯一的城市广场，因集聚了众多高档的商业业态，又处在城市中心，所以非常引人注目。但在2002年"十一"国庆节开业后不久，一场不期而止的SARS病毒袭来，使天一广场一下子冷清起来。天一广场采用租赁的经营模式，租金很高，所以经营户没生意就天天到我们广场公司来闹，这样我们企划部就压力山大。为了聚集人气我们想尽了办法搞活动、做宣传，快到开业一周年时已经走出了困境，但这一年我们真的太苦了。周年庆如何宣传？企划部开会讨论，有的提出做整版广告。我说还是做软文比较好，做一个回忆性的副刊专版，这样既省钱又让人记忆深刻。我的提议得到了通过。于是我找到日报副刊部主任黄百竹老师，和他一起策划专版。他请来老作家李建树老师和另外两位作者，各写了一篇文章，又请何业琦老师画了一幅天一广场的插图。黄老师对我说，你作为天一广场的工作人员和开业的亲历者也写一篇。我想也对，我对天一广场倾注了很多感情。于是我就写了《我在"城市客厅"工作》的文章，黄老师看过后说写得很好。

这个专版在天一广场周年庆的前4天即2003年9月27日《宁波日报》的第6版刊发了。从各方面的反馈来看，效果非常好，特别是李建树老师的那篇文章写得非常真切，他写道："上世纪 90 年代初,笔者曾陪冯骥才一行浏览宁波市容,车子已经从西门进入中山路繁华地段了,车上的几位天津朋友却还是一边东张西望一边一个劲儿在问我:'你们宁波的市中心在哪儿呢?'我只能有点不好意思地向他们解释:'这就是了……'要是换了现在,还用得着说吗?带他们到天一广场就行了。"

我那篇《我在"城市客厅"工作》的文章,着重回忆了天一广场开业时的情景,和开业后我们的种种努力。我这样写道:"天一广场全面开业前的工作量非常大。9 月份不但没有一天休息,还加了九个晚上的班,每晚都是在 12 点以后回家,最迟一天是夜里 2 点。刚好这一个月我的腰椎间盘突出的老毛病又犯了,每天一边做理疗一边咬着牙工作,腰上还系着特制的用钢片衬着的宽宽的腰带,又热又痒;腰痛时整个腰像是被抽掉了一般,真想躺在地上歇一歇,但不行,还有很多很多的工作等着我,就这样一天天终于撑过来了。10 月 1 日天一广场全面开业的那天,当金市长在广场的中心舞台上宣布天一广场全面开业时,鼓乐齐鸣,白鸽纷飞,喷泉冲天,整个广场成了欢乐的海洋。这时候我的眼泪止不住地流下来,我无比欣慰地对自己说:在天一广场的辉煌里,有我的一份汗水!"

这就是我与《宁波日报》的故事。这两个专版我会永远珍藏,成为我生命中最美好的回忆。

2020 年 4 月 14 日

# 宁波人的中秋节

记得小时候过中秋节是仅次于过年的大节。那时都不富裕,对我们小孩来说月饼是一年之中难得品尝的高档食品,中秋节那天不但有各种馅子的月饼吃,还可以在晚上纳凉时一边看清朗的圆月,一边听大人讲关于月亮的故事,如嫦娥奔月、玉兔捣药等等。从小我只知道中秋节是八月十六,长大后我才知道全国只有宁波人是八月十六过中秋节的,其他地方都是八月十五。

几年前有家机构叫我写一个反映宁波历史文化或民俗风尚的小品,我找了好多资料也没选定写什么。眼看交稿的时间一天天接近,我急得不行。刚好快到中秋节了,忽然想到我们宁波人过中秋节是在八月十六,是独一无二的,这就是戏。于是我就找了些资料,很快就写出来,小品的题目叫《那年宁波中秋节》,有点轻喜剧的意思。后来因种种原因这个小品没排演,但在我的心中已将这个戏储存下来了。近几年我创排了几部主旋律的大型话剧,颇有一些影响,因制作成本较大,操作起来太累,也没演过几场。最近我便想到了这个戏,我将这个戏从电脑里找出来,看过后觉得比较好玩,有宁波特色,也很接地气。我想将它扩展一下,变成一部中型的话剧,投资也不大,且用轻喜剧的形式来表现,这样宁波的观众大概会喜欢的。

为什么宁波人过中秋节是在八月十六,这有一个故事。在宁波民谚中有"一门三宰相,四世两封王"和"五尚书、七十二进士"的传说。在南宋,宁波的史氏家族出现了父子同进士、兄弟同进士,史浩、史弥远、史崇之祖孙三代同为宰相的盛事。相传史浩是个孝子,当年史浩为官在朝,虽公务繁忙,但每年中秋节总要从都城临安赶回宁波陪母亲。不料有一年,史浩在返乡过中秋的途中,因遇大雨马失前蹄,马受了伤,史浩夜宿绍兴而不能按时返乡与母亲共度中秋佳节。当夜史浩对月跪下:"母亲大人,不是孩儿不孝,实在是天不作美!儿虽不能陪你一起祭月、赏月,但月亮在上,母亲大人受孩儿一拜!"家中也因他以前年年都及时赶到过中秋,相信他一定会回家来,所以左等右等,但月上中天,玉兔满轮,仍不见他返回,直等到次日八月十六,史浩才匆匆赶到,于是一家人在月上东山时,重设供品祭月,共度佳节。说来奇怪,那天夜里皓月当空,月亮显得特别亮、特别圆。那时的中秋节还要赛龙舟。一家人团团圆圆,在月湖旁边的家里,一边饮酒赏月,一边看赛龙舟,一边吃水红菱、莲子、鲜藕、柿子,其乐融融。这真是"良辰美景奈何天,赏心乐事谁家院。"

以后史母为避免史浩赶路太急,便将中秋节往后延了一天,此事在宁波传为佳话。史浩有诗为证:"八月中秋月饼圆,节筵都作一天延;城东更比城西盛,鼓吹通宵闹画船。""从此非时来竞渡,家家十六看龙舟。"百善孝为先,善良朴实的宁波百姓,纷纷仿效史家的做法,改在八月十六那天过中秋节。从此,宁波八月十六过中秋的习俗就流传了下来。

八月十五正团圆,十六中秋有情缘!宁波老话讲:"天下中秋皆十五,唯独宁波在十六。"宁波童谣说:"八月十六中秋天,月饼馅子嵌嘞甜;新米蜂糕红印添,四亲八眷都送遍。"宁波人在八月十六过中秋节蕴藏了一层孝敬父母的深意。正如童志豪的诗所言:"八月十六是中秋,别出心裁历史悠。史相家筵民仿效,明州佳节异中州。"我想用此故事作材料改编成话剧,在舞台上生动地再现这段古老而又温暖的故事,一定会打动宁波的观众。

## 兰花开了，阿东走了

  2017年2月28日上午11时许，我正在参加会议，忽然手机传来好友西力哽咽的声音："阿东走了，今天早上心肌梗死，抢救无效，8点左右走了……"
  这消息不亚于晴天霹雳，一下子将我打懵了。前天晚上阿东还与我通过电话，至今耳朵里还有他那中气实足的余音，他亲切地叫我贺大哥，与我讨论拍摄描写他的那部微电影的事宜。他还告诉我准备在5月份全国助残日前夕，请燕子QQ群里的残疾人朋友和我们金翅膀艺术团的残疾人演员一起，到他的村子附近的野外去烧烤，费用全部由他出，而现在他居然"走了"！这样一个非常阳光、充满活力、富有爱心的阿东居然一下子没有了！这着实叫我难以相信！
  我立即打电话问镇海区残联的沈理事长，才确信阿东真的走了。我欲哭无泪，眼前浮现出阿东亲切的音容笑貌，呆呆地想着阿东点点滴滴的事，默默地回忆起我与他四次见面的情景。
  2017年1月7日，因燕子邀请，我参加了一次特殊的宴会。这个宴会共四桌，其中三桌半是残疾人，他们是一个QQ群里的朋友，已经有五六年了，每年年终都要聚一次餐，费用基本是AA制，今年也不例外。在这个宴会上我认识了阿东，他身体微胖，但很结实，说话声音洪亮，待人非常热情；他使着两个拐杖，行动有点不便，但神采飞扬，性格爽朗。这个群中有几个人就是我们金翅膀艺术团的演员，那天大家一边吃喝，一边表演节目，其乐融融。最后的礼品是每人一只精美的茶杯，由阿东出资。然而最让我惊叹的是阿东给我的名片，上面赫然写着"阿东来帮你"爱心工作室，还有帮扶热线，另一面写着"镇海九龙湖镇阿东兰花残疾人扶贫基地"。我是宁波金翅膀文化服务中心的创始人之一，文化助残有一年半了，深知残疾人创业的不易。而这个双脚严重残疾的阿东不但自己创业，居然还在帮扶别人；不但有兰花基地，还有爱心工作室，这背后肯定有故事。于是我就跟他说方便时想采访他。他说没问题，让我到他的兰花基地走走。

第二天我就在百度查了一下，一查不得了，阿东果然是名人。

阿东名叫张坚东，40岁，是镇海区九龙湖镇中心村一名二级肢体残疾的村民，他在二岁时一次高烧，不幸落下小儿麻痹症后症。长大后做过仓库保管，开过残疾车，最困难的时候他是吃政府的低保。2009年，爱好体育、臂力过人的张坚东在镇海区残联和宁波市残联的举荐下，报名并最终入选浙江省残疾人赛艇队。2011年他参加第八届全国残疾人运动会赛艇比赛，摘得500米和1000米两枚铜牌。他用比赛奖金创立了兰花种植基地。脱贫以后他带领残疾人朋友一起富裕起来，创办"阿东兰花种植残疾人扶贫基地"，先后帮助300余名残疾人，陆续投入扶贫资金50余万元。2012年至2015年，他先后五次奔赴杭州参加公益助学活动"彩虹计划"，与四十多名学生结对。他先后被评为"十一五"区优秀残疾人、区十大杰出青年、区爱心感动人物、区文明之星、区优秀志愿者、市优秀志愿者、市志愿服务优秀工作者等，2016年当选"宁波市最具影响力自强之星""宁波好人""浙江好人"，并入选"中国好人"。

我立刻与他联系，约定1月11日到他的兰花基地去采访。当时我萌发出要创作拍摄一部以他为原型的微电影的想法,争取作为今年金翅膀的一项公益项目。

1月11日下午我开车来到了阿东的家,也是他的兰花基地。这是一个普通的农家小院,院子旁有一间花房,规模不大,却被镇海区、宁波市两级残联评为残疾人扶贫基地,挂牌"阿东兰花种植基地"。走进花房,面积不大的房间里整齐摆放了近300盆兰花,在他的悉心照料下,一盆盆兰花小巧秀丽,其中有几盆将要开出小花朵。

我问阿东兰花基地是如何办起来的,他说摘得铜牌后得到了一笔数目不小的奖金。他说这笔钱在村里可以盖起一座房子,或购买一辆还不错的汽车,可他从小酷爱兰花,一心想种植兰花,想通过种兰花脱贫致富,富裕以后可以帮助像他这样的残疾人。当镇海区残联得知他的梦想时,及时地给他资金上的扶持和技术上的帮助,解决种养过程中遇到的一些问题。

2012年初,在镇海区残联、镇海区农业局和九龙湖镇残联合力扶持下,张坚东的"阿东兰花种植残疾人扶贫基地"创办起来了,十多名残疾人来到他的基地,成为基地成员。阿东免费赠送花苗、肥料,提供种植技术指导,让他们逐渐脱离贫困,走进了新生活。

我又问他,为什么想去帮助别人,而且帮助这么多人。

阿东说:"我从小吃尽了苦头,小时候残疾非常严重,不要说站立,连坐着都要用绳子绑在椅子上。我妈每天挑着我到三十里外的一个老医生家里去打银针,这样一挑就是三年,把我的上半身治好了。小时候父母到水库工地去做工,我一人在家,中午饭是邻居给我吃的。我小学上学,学校离家只有600米,可我靠手'走'路,要走两个多小时才能'走'到学校,但同学们都抢着来背我,一直背到我毕业。我在成长过程中不知有多少人帮助过我,我现在有点钱了,也要帮助需要帮助的人。"

这句非常朴素的话，使我深刻地理解了那句"人帮人无价之宝"的道理。

这以后我在镇海区残联联系创排那部微电影时，又一次见到他。

最后一次见到他是1月25日下午，我第二次去他家采访，与我同行的还有我们艺术团的表演指导老师山谷，因为那部微电影山谷老师也是主创人员之一，需要他为我的剧本策划。

第一次去时，阿东家的客厅里堆满了食用油和大米，都是他过年前要送给困难残疾人的。这次去食用油和大米没几包了，他说都送出去了。那天阿东的好友黄建华也在，他说，阿东年年都要给困难残疾人送年货。阿东与黄建华有30多年的交情，又同为残疾人，过去也是吃国家低保的。在黄建华眼中，阿东就是他的手足兄弟。多年来，每当他遇到困难，阿东总会第一时间伸出援助之手。他的妻子生重病，是阿东帮他搞到了救命药，救了他妻子一命。现在他也是兰花基地的员工，他在家里也种了不少兰花。是阿东帮他脱了贫，他还在村里开了一家小店，生活比较好过了。

那天采访非常顺利。过年后我只用了两天时间就写出了《寻找阿东》的微电影初稿。剧本写好后，我第一个发给阿东看，他除了指出几处地名的错误外，说剧本很棒，把我写得太好了。但我自己感觉还没有写好，写得有点匆忙，没有把阿东最好的一面写出来，还不够感人。正在我准备再作修改时，却传来了这天大的噩耗！

3月1日上午，我和山谷老师等三人驱车来到阿东的家。整个村子沉浸在悲痛的气氛中，刚进入一条小路，就听到了几个妇女的哭泣声。阿东家门口摆满了花圈，许多人自发前来吊唁，路边站满了前来吊唁的人，其中不少是骑着残疾车的残疾人士，他们中大多数人是阿东的生前好友，其中不乏受过他帮助的残疾人，大家都神情悲痛，现场气氛沉重。

阿东家的客厅现在成了他的灵堂。一个月前堆放食用油和大米的地方，现在放着他的灵床。生气勃勃的阿东，你已经不能再叫我一声"贺大哥"了！那个如此坚定地传递乐观和温暖的阿东真的走了！我凝视着阿东的遗像，心中升起了一种难以抑制的悲怆。我们虽然相识还不到两个月，但你的为人、你的精神已经使我振聋发聩！我开始不过是为了找到一个好的写作题材而与你交往，但就是在这短短的四次交往中，我被你的人格魅力所深深地感染！我对你只有愧疚，因为我没有将你的形象真正地写出来。我要再写、再改，一定要写出真正的你！不管有多大的困难，我一定要拍摄出这部反映你大爱之心的微电影！

黄建华对我说，就在去世的前一天，阿东还在帮助残疾人办理残疾车上牌手续。27日那天，阿东带着他们6个人去车管所申领残疾助力车牌照，忙前忙后十分辛苦。因为这些需要办理牌照的残疾人年纪都比较大，对于申领手续不是很了解。要不是阿东的热心帮忙，这事不可能那么顺利就办妥。

残疾人张金光也是阿东多年好友，27日下午他打电话给阿东，他认识的几名残疾人要购买残疾助力车，要阿东帮忙一起去看看。阿东立即答应了，两人约在28日上午9点在张金光家见面。28日上午9点10分，张金光在家里一直等不到阿东，平日里阿东很守时的，于是他打电话过去询问，接电话的是阿东妻子，她说阿东在医院抢救。黄建华还告诉我，阿东说过卖车的老板与他关系不错，他准备联合周边下肢残疾的朋友，用团购的方法一起去采购残疾车，这样能为残疾人省下一些钱。他还了解到其中有一位残疾人生活困难，家中又有人生重病，他准备送他一辆七千元的残疾车。

我又一次走进阿东的花房。盆中的兰花大多已经开出淡黄色的小花，静静地点缀在绿叶丛中。"一枝一叶总关情！"这些阿东无数次浇灌过的兰花，花朵中含着他的情，花香中透着他的魂。兰花开了，阿东却走了！阿东他再也不能看上一眼他心爱的兰花了。想到这些，我的眼泪再也止不住了。

送人兰花手有余香。阿东是一个再普通不过的残疾人，却用自己的大爱，开出人生最美丽的花朵！阿东是平民的英雄，草根的榜样！如果说我真的遇到了雷锋式的人物，那就是阿东，从他的身上我发现了蕴藏于民间的那种根深蒂固的善良之心。中国数千年传统文化历来追求一个"善"字：为人处世，强调心存善意；与人交往，讲究与人为善；于己要求，主张独善其身。这是做人的根本，也是人生的准则。阿东的善良就像一盏明灯，照亮了周围的人，温暖了别人，也温暖了自己。阿东走得太快了，没有留下一句话，但他的善良之心一定能激励很多人。

愿天堂也开出一盆盆美丽幽香的兰花，一直陪伴着好人阿东！

2017 年 3 月 2 日

## 世界这么美，我却看不见!

### ——一个盲人的心声

当你从早晨醒来，睁开双眼，看到从窗帘缝隙中漏出来的一缕金色的阳光；当你走在春光明媚的田野上，看见漫山遍野的鲜花和清澈见底的溪水；当你经历了肆虐的暴风雨，终于见到了久违的七色彩虹；当你漫步在节日的街头，遥望夜空中满天灿烂的烟花，绽放出五彩缤纷的迷人花环，大人的欢呼和孩子们的尖叫，汇成了一片欢乐的海洋……

然而，所有这一切，我都看不见!

世界上最鲜艳的色彩，最美丽的图画，在我的眼里只是一片黑暗! 因为我是盲人，色彩对我来说只是一个迷人的概念! 什么夕阳无限，什么花好月圆，什么彩云追月，什么国色天香，对我来说都是漆黑模糊的一片。

因为我是盲人!

我多想有一双明亮的眼睛，能看到大地山川，日月星辰；我多想有一双明亮的眼睛，能看见亲人的笑脸，朋友的热情；我多想有一双健康的眼睛，哪怕只让我看上一眼。

海伦·凯勒说，假如给我三天光明……不，我不需要三天，我只要能看上一眼，就一眼，让我看看这个世界，让我看看，让我看看吧! 看看这个你们正常人天天都能看见的世界!

可是我看不见呀! 我看不见这个美丽的世界。

世界这么美，我却看不见！为什么我的人生要在漫长的黑暗中度过？为什么我憧憬的未来总是令人悲哀？因为我是盲人，学习有障碍，工作有困难，恋爱难上难！在我经历了生活的种种辛酸，在我人生最黯淡的时刻，我曾经咒骂过老天的不公和无情，我曾经感叹过命运的残酷与冷漠！

然而，伟大的诗人普希金说：假如生活欺骗了你，不要忧郁，也不要愤慨，不顺心的时候要忍耐，相信吧，快乐日子一定会到来！

真的，除了奋斗，我别无选择。重新燃起生活的斗志吧！端正心态，鼓足勇气，勤劳自勉。没有趟不过的水，没有过不去的坎！天行健，君子以自强不息。有志者事竟成，破釜沉舟，百二秦关终属楚；苦心人天不负，卧薪尝胆，三千越甲可吞吴！

人生可以黯淡，但生命不可以无光！真的勇士敢于面对淋漓的鲜血，敢于面对惨淡的人生！天生我材必有用，直挂云帆济沧海！只要能够坚持，艰难的时候总会过去。虽然我什么也看不见，只要心中有光明，我的世界将是一片光明！在绝望中寻找希望，人生终将走向灿烂辉煌！

路漫漫其修远兮，吾将上下而求索。世界这么美，我也能看得见！朋友们，我的眼前不再是一片漆黑，而是一条金光灿灿的大道！

2017 年 1 月 30 日

## 家是温暖的港湾

在人生的旅途中,家是力量的源泉;在社会的竞争中,家是温暖的港湾。家是永恒的信念,家是不变的情感,家承载了太多的坚强与幸福。有一个非常普通的家庭,男主人叫冯行化,女主人叫乐国英。

冯行化说:"我过去在省地质队工作,一年之中只有12天在家。30多年野外作业,家是我梦中一直向往的地方。现在我和老伴都退休了,她整天忙着社区里的事,我空闲了,就做点家务,享享清福,我想把这过去的生活写下来,写成一本书,就写我的家。"

于是冯师傅就动笔写了起来。

冯师傅的故乡在舟山岱山岛,那里风光旖旎,是东海的主要渔场。他有两个姐姐,两个哥哥。他曾经是学校篮球队的主力队员。初中毕业以后参加工作,后来又到省地质队工作。千里姻缘一线牵,1964年,经人介绍,冯师傅与乐国英相识了,然后他们就靠书信传情。四年后他们结合了。

冯行化说:"我们结婚时没有住房,没有像样的家具,寒碜清贫。我真的很感谢老伴嫁给了我这个地质工。当时有句顺口溜:有女不嫁勘探郎,一年四季守空房,有朝一日回家转,带回一堆破衣裳。"

结婚后没几天冯师傅就离开了妻子。从此,他们只能在彼此的思念中度过漫长的岁月,每年留给他们相见的时间只有短短的12天。

乐国英说:"他常年在外面奔波,野外工作非常辛苦。家里的大小事就靠我一个人,有事连商量的人都没。"

几年以后,他们有了两个可爱儿子。当然妻子的负担越来越重,她是老庙小学的老师,工作本来就很辛苦,自从有了孩子后,工作上要独当一面,丈夫又不在家,还要拖拉两个幼小的孩子。她含辛茹苦,整天忙得像只陀螺。

乐国英说:"小儿子从出生起就多灾多难,出生时是难产,他爸爸又不在身边。小时候他经常生病,我常常在深夜抱他去十几里外的医院看病,心里还惦记着独自睡在家里的大儿子。"

孩子们渐渐长大了,乐老师教育儿子有独到之处,她严而不凶,爱而不溺,言传身教,点点滴滴为孩子们做好表率。孩子们在她的教育下茁壮成长。

乐国英说:"两个儿子都很懂事,兄弟俩互帮互学。下雨天他们去上学,因为只有一顶雨伞,哥哥怕雨淋到弟弟,伞要往弟弟那边多倾点,弟弟则要哥哥那边倾,一路上让来让去,一直走到学校。孩子们对大人也非常孝顺。有一天我想给他们改善一下生活,给他们一人一只咸鸭蛋。我先忙其他家务事去了。等到我来吃饭,发现饭底下埋着二只蛋黄。我问他们为什么不吃蛋黄?他们说妈妈最辛苦,要吃好一点。"

在冯师傅每年回家探亲的12天里,他都在计算着怎样度过这宝贵的分分秒秒。他尽量为家里多做些事,尽量和儿子们多玩耍玩耍,让他们开心每一分钟。

冯行化说:"我要走的那天,兄弟俩一人抱住我的一条腿,不让我走。但是火车票都买好了,假期也不能超,不走行吗?时间到了我只好狠狠心走了。"

冯师傅觉得亏欠他们母子太多了!然而浙江的山山水水需要

他去勘探，他只能擦去眼泪离他们而去。

这个家虽然艰难，却同样温暖，同样幸福。儿子长大以后，兄弟俩的感情更深了。弟弟参加工作以后，开始在丝绸公司工作，他发到的第一件丝绸夹克衫，一定要先让给哥哥穿。穿在哥哥身上比穿在他自己身上还高兴。哥哥要结婚了，弟弟高兴地为哥哥东奔西跑，从新房子的装潢设计到采购材料，兄弟俩一起商量一起装修。弟弟还帮哥哥从外地买来了在当时非常稀有的大彩电和高级音响。

家和万事兴。现在两个儿子都有自己的事业。他们靠的是勤劳和俭朴，都做出了不俗的成绩。小儿子自己办起了企业，大儿子走上了领导岗位，他们也早已当上了爹。

这是小儿子写给妈妈的信："妈妈，从我们结婚到生子，到后来的孙辈抚养，无不倾注了您所有的心血。爸爸有唠叨的习惯，在孙子、孙女出生以后变得少唠叨了，在孙子、孙女面前他是那么的快乐，我想这是补偿在我们儿时所失去的天伦之乐。"

家是充满慈爱的温床，家是挡风避雨的场所。乐国英说："有一次我在路上把手表丢失了，心里非常难过，二媳妇说妈别难过了，说着就将自己的手表摘下来给我带上。儿子看到后说，爸爸也应该换一块表，也将自己的手表给他爸爸戴上。"

冯行化说："2008年，北京举办奥运会，主会场的奥运会的会旗和旗杆，举办国和参赛国的国旗和旗杆，都是小儿子的企业生产的。当我从电视里看到五星红旗在鸟巢上升起的时候，我激动得眼泪都流出来。"

现在他们的孙子孙女也长大了。对他们的教育，乐老师沿用了过去学校的办法，只要他们在学习上有点滴进步，或者生活中做了好事，她就在家里的墙报给他们印一个小五星，后来还奖励他们一些零花钱。但孙子孙女都舍不得花，等到零钱凑够了一百元，就到爷爷那里去换一张整票。

冯行化说："那是六年前，有一次我在医院查出患糖尿病，要住院，当时身上带的钱不多，缴住院费的押金不够，到银行去取钱要排队。这时候我的孙子说，爷爷，我有办法。他匆匆地跑回家，从我们奖励给他的储蓄罐里拿出全部的七百元钱给我。我住院时，他还不时到我床边抚摸我的额头，还偷偷地抹眼泪。想到这些，我就感到没白疼爱他，自己过去吃的苦也都值了。"

孙子在《我喜欢的一个人》这篇作文中这样写道："我喜欢的一个人就是我的爷爷。奶奶对我在学习上管教很严，爷爷不仅学习上关心我，还培养我增强体质。小时候我不会游泳，爷爷就耐心地教，在水里一泡就一两个小时，这对一个老人来说是多不容易啊！"

现在孙子读高中，孙女读初中，只是他们的学业都很重，和老人在一起的时间也越来越少了。每个星期只能来吃一顿饭。为了弥补交流的短暂，乐老师就给孩子们写信。乐老师拿出当小学校长的本事，每次都能写满四五张信纸。

乐国英在信中说："我们为你的成长而高兴，我们想和你坐在一起促膝谈心，但你太忙了，所以我们只能用文字的形式和你聊聊。"

冯行化说："我的这本书终于写完了。我感到就像又完成了一次重大的野外勘探任务。想想过去，我们家没有房子，没有家产，也没有什么大的事业。而现在有车有房有事业，我感到生活一天比一天过得好。"

这就是冯师傅的家，一个普通的家，也是一个很幸福的家。他们和睦相处，相濡以沫，其乐融融！他们的家能够越来越兴旺，是因为有了良好的家训和家风。

冯行化说："我们家的家训就是'以爱育人，以孝治家，以德创业'。现在我们家中的每一个人工作和学习都很出色，都在不断进步，我感到非常的欣慰！"

冯师傅的家虽然是个普通的家，却代表了千千万万个有良好家风的家庭。他们因真诚而牵手，因爱情而结合，因生活中的艰难而彼此温暖！

阳春布德泽，万物生光辉！如果说一棵树需要阳光雨露才能成长为参天大树，那么一个人和一个家庭的成长，同样需要父母的教育和良好的家风。家风是亲情浸染的殷殷寄语，浇灌着我们的精神家园；家风是漫长旅途的默默奉献，催生出气壮山河的无穷力量！

家和万事兴，家兴国更强！

（此文是为拍摄档案资料宣传片《江东人家》所写的解说词）

## 父亲的酒

记得小时候每每看到父亲在饮一种红色的、有中药味的散装酒。父亲告诉我这酒叫五加皮酒,是一种补身体的药酒,又问我想不想尝尝?我立刻摇摇头。对有药味的酒我可不敢尝试,何况母亲反对我喝酒,说长大了又是一个酒鬼!

父亲13岁就到酒厂做学徒,酒可以放开肚子喝。寒冬腊月,父亲赤脚穿草鞋在雪地上走,还要一担一担地挑水,冻得实在不行了就只有靠喝酒暖身。这样他的酒量慢慢增大了,据说最多时能喝二斤烧酒,同时练就了品酒的本领,不管什么样的酒,只要他"咪"一口,就能够说出个大概,所以有的邻居朋友请他来鉴别好酒或假酒。父亲现在已经75岁了,仍然一日三餐要喝少量的酒,没喝过酒就不算吃过饭。如我们去看他,或遇到高兴事,必定要多喝一些,用他的话就叫"三点水再加一点"。所以逢年过节我们回家总要买几瓶好酒给他。但买什么样的酒却是颇费脑筋,父亲一生俭朴,买来太好的酒他会心疼钱,也不舍得喝;有时买来的好酒也有假酒(越是好酒造假的越多),这样父亲的心会更疼,所以好酒不能买。而中低档的我们又觉得心里过意不去,而且一般的酒质量口感都不佳。一年到头总得给父亲喝一瓶好酒,这样的纠结每年节假日都会有。父亲总是说:"别给我买酒了,我吃老白干蛮好。"

去年某天,朋友送来两瓶简装五加皮酒,说这酒对睡眠有利。我半信半疑，因为我一直视睡觉为畏途，每到要睡觉就莫名紧张，失眠是常有的事，什么样的招都使过，但效果甚微。但自从喝了此酒，睡眠确实有不少改变，喝到第二瓶，好像失眠已经基本不存在了。因睡眠改观，身体各种机能都正常起来，脸色红润，精神也振作起来。这以后我就喜爱上了这种酒，还真有点相见恨晚的感觉。妻子也把给我买五加皮酒作为一项必需的工作来做，看到家里酒不多了就赶紧买一箱来。我每天下班回家也期待妻子烧好小菜，美嗞嗞地喝一杯五加皮酒，一天的疲劳全部消失在这酒杯里，然后晚上安然入睡，第二天又能精神焕发地去上班。

去年过年前夕，我给父亲送去一箱五加皮酒，他喝了后说味道不比过去差。然后他给我讲起过去如何省吃俭用，省下钱去买五加皮酒的故事，听得我的心都很酸。父亲一辈子没有其他嗜好，唯有喝酒是他最好的享受。他每天早上必须先喝一杯酒再吃泡饭，酒是他的粮食，也是他的精神。如果连喝酒都没味道了，那他肯定是要生病了。

诗人艾青说，酒"是可爱的，有火的性格，水的外形"。的确，父亲所有的可爱几乎都是在喝酒以后，他会表现出与年龄不太相符的童心或童趣，有时会讲些笑话，讲些过去老底子的逸闻趣事。这在平时是不可能的，他威严得使我们有点不太敢亲近，而在喝酒时就没关系；但如果喝多了，他又会变得非常可怕。所在他喝酒时母亲总是不肯离开，怕他喝多了，不但脾气可怕，还伤身体。

不管怎么说，我也继承了父亲爱喝酒的基因，在疲乏、苦恼、高兴、无可奈何或者无能为力时，首先想到的总是一杯酒。

2000年5月5日

## 迎接新世纪的曙光

我们将如何从容地迎接新世纪的第一缕曙光？如何顿悟于这灵光初现的一瞬？

当新世纪的钟声在我们的耳边敲响，我们该如何去获得世纪老人给我们的精神上的最大馈赠？如何去感受这人世间最纯洁、最庄严的时刻？

我的设想是这样的。

当那天来到之前，我和爱人邀请几对知心好友，一起到普陀山或朱家尖去，在本世纪的最后一个傍晚，我们一起携手来到海边，迎接世纪之交的最后时刻。我们迎着凉爽的海风，漫步在金色的海滩。远处，一望无边的海波上漂浮着点点白帆；银色的海鸥有力地扇动着翅膀，飞向落日的大海，溶没在血色的晚霞里……一个世纪就快要过去了！此刻，我们正走在世纪最后的时光里。

当夜幕降临，我们就在海滩上生起篝火，搭起帐篷。大家围坐在一起，一边吃海鲜喝酒，一边畅谈工作、生活、爱情和人生，回忆过去美好的生活，展望未来的理想。接着，我们就唱起舒心的歌曲，跳起快乐的舞蹈，让歌声和舞蹈伴随我们度过这美好而又难忘的夜晚。

半夜，雷鸣般的涛声把我们从睡梦中惊醒。不知谁喊了一声：快起来，新世纪快来了！我们马上起来，奔向海边。

这涛声，一阵接着一阵，像勇士进军的脚步声，如隆隆挺进的战车声！是的，这是历史的车轮，正以不可阻挡的步伐向我们开过来！我们看着手表，齐声数着："十、九、八、七、六、五、四、三、二、一！"啊！一个新的世纪诞生了！我们相互拥抱、祝福……一个个热泪盈眶。

当黑夜终于褪去了颜色，新世纪第一缕曙光照在我们身上时，我们是何等的激动！跳跃着，欢呼着，高唱着，叫喊着……啊！新世纪的曙光啊！你是那样的亲切，那样的慈祥，那样的瑰丽，那样的多彩！像刚分娩的母亲，第一次见到了自己的孩子，用一双温暖的手，抚摸我们娇嫩的脸；是你给了我们无限的希望和美好的遐想，你以不散的精神之光，永远照耀着我们对未来的信念！我们用浪花般洁白的心灵，涛声般坚定的誓言，向你宣誓：未来属于我们，我们是新世纪的主人！

1999 年 12 月

# "星星孩子"背后的太阳
## ——记宁波江东启航实验学校的老师们

在这个世界上,有这样一群孩子,他们和别的孩子一样,都是爸爸妈妈的宝贝,他们不聋不哑,却不闻不问,甚至金口难开。他们就是自闭症儿童,被称之为"星星孩子",像星星一样的纯净、美丽,但也像星星一样的冷漠和孤独。今天讲的故事就是他们背后的"太阳"——特殊教育的老师们。

**一、从一则招聘广告说起**

这是宁波市江东启航实验学校今年2月3日在江东区教育局网上的一则招聘教师的广告,具体要求:1. 有足够的耐心和爱心,有吃苦耐劳精神;2. 性格:开朗乐观,喜欢孩子;3. 专业:不限专业,特教和幼师类专业更好;4. 学历:幼儿教师要求大专以上学历,具有幼儿资格证书;等等。

再看他们以前所有的招聘广告,内容大同小异,但第一条绝对是"有足够的耐心和爱心,有吃苦耐劳精神",第二条同样是"性格:开朗乐观,喜欢孩子"。这两个要求成了这个学校对老师始终不变的要求。甚至如果具备了这两条,可以"不限专业",这与其他学校相比肯定不同,这是为什么?

带着这个问题,我们走进了宁波江东启航实验学校。

宁波江东启航实验学校是江东区教育局、区残联以"政府购买、委托办学"模式创办的一所全新的特殊儿童学校,成立于

2014年9月。启航学校的前身是宁波市江东刘氏儿童培训学校,已经拥有14年的特殊儿童培训经验,包括培训自闭症儿童、弱智儿童、轻度脑瘫儿童、唐氏综合征儿童以及其他各种边缘性儿童、学习障碍儿童等全谱系特殊儿童。学校采用美国林肯大学教育学博士——刘弘白先生的"刘氏教学法",逐步帮助儿童建立在每个年龄阶段应具备的"学习能力",具备一定的生活自理和社会适应能力,有些甚至能跟上正常的小学教学进度,回归正常小学。

**二、走进封闭校园**

学校坐落在江东姚隘路上,环境幽静,设备齐全,采用全封闭式教学,家长按时到学校接送,但不能进入教室和学生活动区域,进出都有门禁系统,需要刷卡才能出入。在一楼的活动区,我们看到很多孩子正在活动,有的在跳绳,有的在拍篮球,而且还是用双手同时拍两个球,甚至还能拍一下再用左右腿各跨一下;还有的在和老师练习丢接球,同时丢接三个、四个的都有,看上去就像杂技演员在表演。如果不是童校长介绍,还真看不出这些孩子全都是自闭症或者智障的孩子。童校长对这些学生了如指掌,一个个细细地给我们介绍,如数家珍地说出他们的点滴进步。

童校长说,启航学校根据国家的《特殊教育提升计划》,和《宁波市特殊教育三年行动计划》,努力让每一个特殊儿童都能接受良好的教育。学校的办学宗旨是参照国家义务教育大纲,给予特殊儿童享受同等义务教育的机会,让特殊儿童也共享国家经济发展的成果。学校现有一百多名儿童接受培训教育,主要涉及自闭症、智障、脑瘫等儿童,也有普通小学里学习障碍儿童等。学校目前共有教职员工30来名,已有五个义务班级,三个学前班,七个培训班,推行每班5人的小班制、个性化教学,教学特色鲜明、效果显著,得到全体家长的好评,也引起了社会各界的关注。

二楼是学生作品展览室和各个教室。我们看到每个老师的身边都围着四五个孩子,有的剪纸,有的画画,有的写字,有的做题,还有的和老师对话。看得出来,这些孩子都存在着这样或者那样的缺陷,是一群不小心降临人间的折翼天使。童校长说,一个教师要负责五六名学生,老师们的工作量非常大,一整天就围着这些孩子。因为没有特教保育员,孩子们的吃喝拉撒睡全部都需要老师来负责。而且每天面对着这些不完美的生命,老师的心里也难免产生负面影响,需要教师有足够的耐心和强大的内心世界。她开玩笑地说,看你有没有足够的爱心,只要在这里工作一个月就知道了,没有崩溃就算你是强者。

### 三、发现特殊教育

我们不妨先了解一下什么是"星星孩子"。

自闭症犹如感冒一样,是一种我们至今都无法解释的病,找不到病源,也找不到彻底治愈的办法。自闭症让一个个家庭卷入了一场最残酷、最持久的战争——这是不争的事实。如何让自闭儿童孤独的世界充满爱,并且能成为正常人?这个愿望看起来简单,但要真正在"星星孩子"们身上实现,却要付出常人无法想象的艰辛!

按照刘氏理论,人类最基本的学习能力是耳聪、目明、感觉统合。因此,如刘弘白博士说的:"自闭症并不是疾病,而是大脑功能偏向发展导致的言行症状。"所以自闭症在医学上虽不能治,在教育上却存在很大的改善空间。刘弘白先生在《让自闭儿走出学习困境》这本书中说:"自闭儿的学习和常人无异,他们也要透过'视、听、动'管道学习。当视觉功能强过听语能力时,他们的语言发展就会落后;很多男性不爱说话,因为他们多半视觉能力很强,画家、理工科、玩机器的人常有这个现象。只是自闭儿太早就具备了画家的眼睛,所以语言、社交行为有了偏差。只要把他们的偏和差弄到不偏、不差，和同龄孩子一样，他们的症状就会有惊人的改变，甚至消失。"

"用心弥补，让爱发光"是启航学校的专业特色。"完全地了解，才能完全地教学"是他们的教育理念。"完全教育"的理念，就是强调对儿童全方位、彻底的了解。于是他们对每一个入学的儿童都要进行一次科学的诊断和评估，然后根据评估报告因材施教，所以每个学生的教育内容、要求都是不一样的，每个孩子都是"私人定制"，都有一套适合康复的教育方法，一把钥匙开一把锁，而且重点放在学生"视、听、动"的能力教学上，抓住"学习能力"这个核心，通过不断、反复的训练，逐步使学生能跟上正常的教学进度。这些能力对正常的学生，自然都不在话下，但他们是特殊的孩子，哪怕要突破一点点，甚至都比登天还难！

**四、走近特教老师**

当我们和启航学校那些看似平凡，却个个都不平凡，并且都有故事的老师见面时还是有点惊奇。我和那些老师们在一起座谈时，我的第一感觉是她们不像老师，因为她们的语言能力都不是很强，或许在教育过程中她们做的要比说的更重要。

第一个发言的是小范老师，其实她在这里已经是资深老师了，叫她小范是因为还有一个比她更资深的范老师。2006年6月1日她进入了当时的刘氏培训学校当老师（每个老师都清楚地记得自己哪一天到这个学校），在这以前，她从某高校计算机专业毕业，在索尼公司工作了一段时间，已经当了科长。当时她的想法比较简单，想换个环境，想挑战一下自己，结果这一挑战她被吓坏了。不曾想这里的学生都是那么吓人，有的要咬人、抓人，有的吃饭时玩饭和菜，玩得很脏。她刚开始工作不久，就被一个自闭症的儿童在背部咬了一口，咬出了鲜血，至今还留有疤痕。她感到非常恐怖，真想一走了之。但那个比她大，早进门两年的范老师开导了她。范老师原来在一家法院工作，她一直有个当律师的梦，当这个梦不能实现时，她来到了这里。她觉得虽然这里非常辛苦，报酬也很低，但有回报。这个回报就是自己的努力换来，孩子们一点一滴的进步，她觉得这个时候非常快乐。而且学校经常会有心理专家给她们上心理学课，给她们减压。就这样，在范老师的开导下，小范老师坚持下来了，至今已经在这里工作了整整九年。她说过去碰到同学都不敢说自己的工作，现在感到自己特别伟大，因为这九年已经帮助了很多自闭症小孩，让他们从不会说话到会说话，甚至到别的学校去读书了，特别有成就感。

第二个发言的是小杜老师，她今年3月刚来。她从小就想当老师，高中时师范学校来选特教老师，她觉得特教老师特别伟大，于是就上了山西特教师范学校。但工作以后碰到的问题总让她觉得这个伟大太难了，除了教育上很难（那些常人教几遍就会的事，对这些学生教几百遍甚至几万遍都不会），还因为有的学生大小便都不会，经常要给他们擦洗屁股，那种感觉真的受不了。她几次想辞职，但有一次她胃痛，一个九岁的自闭症孩子主动地来关心她，就这样让她坚持下来了。她说那一刻她太感动了，感觉到来自孩子心灵之中的那种温暖。

马老师是这里最老的老师，已经有13年特教生涯。她首先向社会呼吁："理解特教老师。有的家长不理解，甚至半夜还打电话来，孩子有点碰撞都要老师负责。我们每个老师都带五六个学生，难免有顾不过来的时候，有时一个孩子跑了，我去追，等追回来时，其他的孩子也都跑了。其实孩子有点碰撞我们的心比家长更痛，因为孩子天天跟我们在一起，比在家里的时间还长，我们对他们都有感情了。虽然他们都是不正常的孩子，但在我们的心里从来都把他们当正常的孩子来看待。我们真的把他们当成自己的孩子一样，只有这样才能教好他们。有个学生因为幼儿园受点小伤 50 多天没叫妈妈，也不叫老师。我和她天天说话，一点一点地打开她的心扉，终于有一天她叫妈妈了，那一刻我流下了泪。还有一个学生在 6 月 22 日那天上学来，见到我第一句话就是：'老师，今天是你的生日！'我连自己的生日都忘记了，但他记住了。那一刻我觉得我们所有的付出都是值得的！"

马老师说，最难的是教那个叫皓皓的孩子学跳绳。"刘氏教学法"特别强调儿童在"动"方面的能力培训，因此跳绳必须要学会。但皓皓怎么也学不会，就这样一个简单的动作，教了无数遍，教了一年不会，教了二年不会，教到第三年还没会。几个有经验的老师轮流教，所有的老师坚持信念：决不放弃，一定要教会他！终于，老师们想出一个办法：老师将皓皓和自己用绳子绑在一起跳绳，这样使皓皓慢慢地感受到了跳绳的动作和节奏。当皓皓终于学会跳绳的那一刻，老师们都激动地抱头痛哭，有个老师还扑在地上哭了。现在皓皓已经在某个图书馆里工作，他的妈妈也成了和老师们无话不谈的闺密。

有位诗人是这样赞美太阳的："你是无私奉献的代表，你每天释放着大量的光和热，温暖地球的每一个生灵，使之无忧地生活。""你拔下一根根光焰赐予人，他们因之灿烂无比！"

在启航学校，那些被称之为"星星孩子"的儿童是幸福的，因为在他们的背后有"拔下一根根光焰赐予人"的最温暖的太阳！

（我此前根据这些素材创作了小剧场话剧《天上的星星会说话》，此文在《浙江残联》发表）

2015 年 9 月 5 日

# 话剧《风月其人》创作提纲

**一、意义**

我们这个时代存在着一种深入骨髓的虚无主义，这种虚无主义既没有明确的人生价值，又缺乏责任伦理，缺的是一种悲天悯人的人文关怀，缺的是对人生和生命的深刻的理解，仿佛掏空了心灵，掏空了意志。脑子是清楚的，情感是冷漠的，心灵和大脑分裂，成为普遍的精神症状，成为"精致的利己主义者"和"没有心肝的专家"。

这是我们的教育只灌输知识而没有从精神和心灵层面引导所致。

生命存在着一条秘密通道，那就是灵魂。有灵魂的人生总会让我们感受到独特的惊奇和气息！而苏曼殊称得上真正有灵魂的人。他才艺惊人，一生都在追求着内心的自由与个性的解放。他内心强大且富有浪漫色彩，表面上行迹放浪于形骸之外，意志沉湎于情欲之间，情绪起伏，时僧时俗，时而壮怀激烈，时而放浪不羁，然而他实为民国以来僧史上的第一畸人，他的本质不是和尚，而是有禅意、有浪漫气质的文人，他的高远和孤傲，都是他内心的崇高和痛苦纠结的结果。

他在漫漫长夜荷一盏明灯，山道崎岖还勉力攀登；他柔肠百转还铁骨铮铮，他历尽浮沉还敢爱敢恨，乱云飞渡还追问求索，身不由己还一往情深。他滚得一身泥泞，却依然心中有丘壑、眼中无风霜；他身无所寄，心无所忧，"一切有情，都无挂碍，""世人笑我不一样，我笑世人一个样"。他不向命运低头，不向岁月称臣！

最难能可贵的，他不是靠强横的肉身，而是用坚毅的内在精神给人以潇洒睿智，意志如铁，活力无限的震撼。虽然他英年早逝，但他的一生堪称"风月其人"，充满了浪漫和传奇色彩，有着直抵人心的正能量和流光皎洁的美感！而这正是我们当下所稀缺和神往的，这也是创作本戏的意义和动力所在。

**二、故事**

苏曼殊的父亲苏杰生在日本横滨经商，他在中国有妻子儿女，他是一个不负责任的男人，又娶了一位日本小妾，名叫河合仙。河合仙有一个妹妹名叫若子，长得很漂亮，经常来姐姐家玩，于是苏杰生又纳若子为妾，生下苏曼殊。

苏杰生的家里又给他配了一个小妾陈氏，陈氏很厉害，赶走了两个日本小妾河合仙姐妹，这时苏曼殊才三个月。若子改嫁了，而河合仙就在娘家抚养着苏曼殊。后来苏杰生回到中国，他的发妻黄氏只生了一个儿子就没有再生育，而他的小妾陈氏连生四个女儿却生不出儿子，为了子嗣延续，苏杰生把年幼的苏曼殊接到广东珠海老家。苏曼殊被苏家当成日本私生子，遭受白眼，尤其是陈氏，对苏曼殊更是极尽虐待。封建社会纳妾主要目的就是生儿子，可陈氏生不出儿子，就把气发在苏曼殊身上。他的父亲不但没有为儿子争得一席之地，还任由陈氏污蔑他远在日本的生母。

童年的遭遇使苏曼殊对人世间的一切充满了绝望和厌弃，对父亲也产生了一辈子都挥之不去的恨意。因为童年没有被爱过，苏曼殊脾气怪异；因为童年缺衣少食，所以苏曼殊食无节制，不顾身体；因为生活太苦，所以苏曼殊酷爱吃糖。

十六岁时，苏曼殊赴日本学习。到日本后，他迫不及待地去看望自己的母亲。重新感受到母爱的苏曼殊打算一辈子留在日本。他与母亲的邻居——日本女孩菊子产生了爱情，苏曼殊重新燃起了对幸福的渴望。但父亲叱责苏曼殊的行为有辱苏家的名声，还将矛头直接指向菊子的父亲，菊子父亲畏惧苏家威胁，当众痛打了菊子，脆弱的菊子竟然选择了投海轻生。

万念俱灰的苏曼殊回国后来到蒲涧寺，跪在住持的面前，立志剃度出家，自取法号"曼殊"。

此后，苏曼殊与自己的家庭几乎断绝了往来，即使得知父亲病危，他也决绝地留在香港，没有回家为父亲送终。

苏曼殊在得到父亲死亡的消息之后，觉得自己的尘缘真的是彻底了了。当一切都妥当之后，他准备开启他环游世界的旅程。了无牵挂，任着脚步，踏遍万丈红尘。从此以后苏曼殊把热情真诚的恋爱作为追求自由的一部分，成为"精神之爱"的热烈追求者，也因此形成了他孤僻怪异、疯疯癫癫的性格。

也许是他倍感自己的身世际遇与青楼女子们相似，心生同病相怜之感，总是将自己的财物赠予她们。为逃避爱情，他发愿要去佛祖的故乡印度一饮恒河之水。可途经锡兰时，又因对华裔女子佩珊情不自禁，自感六根不净，愧对佛祖，结果半途而废，悄然回国。之后再回上海，他就完全不能控制自己，爱了更多的女子。从生性婉慧的花雪南，到亭亭玉立桐花馆，再到行箧中有她多幅照片，而时常默默欣赏的素贞……他喜欢歌伎，与他有交往的歌伎，有名有姓的就有28人之多，但据说都没有肉体之欢。在他的一份残账中发现，酷爱读书的苏曼殊花在买书上的钱只有500多元，而同一时期用在青楼舞馆的钱多达1800元。有人因此断定他心性风流、玩世不恭，然而他却是"风流花吹雪，片片不沾身"。

他在南京陆军学堂教书时，与秦淮河歌伎金凤相识，两人交往甚密，情深意笃。但苏曼殊的爱仅止于柏拉图式的精神恋爱，他说"我不欲图肉体之快乐，而伤精神之爱也。故如是，愿卿与我共守之"。"契阔死生君莫问，行云流水一孤僧。无端狂笑无端哭，纵有欢肠已似冰。"

一段凄切的故事就这样结束了，在后来的岁月里，他依旧芒鞋孤旅、浪迹天涯，内心的辛酸和苦涩无法诉说。他依然频频出入秦楼楚馆，视功名利禄如粪土，同时又自轻自贱，暴饮暴食。

1918年春，苏曼殊因患肠胃病住进上海宝隆医院。他的病情较重，住院期间医生对他的饮食严加控制，不准吃糖，可他却逃出医院，滥吃甜食，致肠胃病加剧而死。死后，在他的床下、枕旁找出不少糖纸。

在他的灵魂即将走向万劫不复的黑暗的那一刻，那些他爱过的美丽的身影飘然而至，那嫣然的微笑足以战胜死神的狞笑。他说：这些年我过得很完整，我以自己的方式活着。抱着这微弱的信念度过余生，爱就是不问什么值不值得。在人世间饱受歧视和冷遇的他把伤害轻轻地推开，只留下生命中的那些美好的瞬间。

临终之前，他写下的绝笔是："一切有情，都无挂碍。"然后以三十五岁正值才华横溢的年龄，溘然长逝，令人不胜感慨唏嘘。

## 三、结构

### 第一场　临终

1918年春，苏曼殊因患肠胃病住进上海宝隆医院，他的病情较重，医生对他的饮食严加控制，不准吃糖，可护士在他的床下、枕旁找出不少糖纸。他还逃出医院，去街上大吃八宝饭、年糕、栗子和冰激凌。他的好友柳亚子监督他，但他还要吃糖。柳亚子说你已经没有钱了，我也没有钱，如何给你买糖吃。

苏曼殊：我一天最多要吃掉"摩尔登"糖三瓶，不吃糖比死还难受。

柳亚子：三瓶有多少？大概六斤！这么个吃法，你肠胃自然会受不了。

苏曼殊将自己的金牙挖下交给柳亚子说：这就是钱。柳亚子说，医生说过你这病不能再吃糖，你不想活了？苏曼殊说，我一辈子吃的苦太多，现在我生命无多，就想吃糖。

柳亚子说：你这是自杀，你还年轻，这辈子糖有得吃的。

苏曼殊说：这些年我过得很完整。人生无非一个过程，我这辈子爱过笑过哭过，满足过失落过，我毫不羞愧，我用自己的方式活着。我有过后悔，但很少。我做了我该做的事情，并没有免除什么的，有过那么几次，我遇上了难题。可我吞下它们，昂首而立。哪怕我明天将离开这个世界，我也要用自己的方式活着。

于是他回忆起自己苦难的童年……

**第二场　受难（回忆）**

1895年，11岁的苏曼殊随父亲苏杰生去上海经商。父亲带着小妾陈氏和陈氏的女儿。因为苏曼殊是父亲日本小妾所生，他自幼失去母爱，受尽了家人的冷落，他的童年终日"生活在一种无形的压力下，生活在一种异己气氛的包围中"，这使他的一辈子感情上的空虚和填补这空虚成为莫可名状的需求。

陈氏妒忌的其实是苏曼殊的母亲，若子年轻貌美，并且还生了儿子，而自己一连生了四个却全是女儿，这样的对比下，陈氏视苏曼殊为眼中钉。苏曼殊从小便被陈氏骂作"野种""扫把星"。苏曼殊养母河合仙从日本给他寄来了一些钱，也被陈氏给吞了。陈氏对苏曼殊极尽虐待，为虐待苏曼殊她还告诉他：野种只配像狗一样蹲着吃饭，不配坐着吃。冬天连被子都不给苏曼殊，苏曼殊感冒发烧生病，被扔在柴房里气息奄奄而无人过问，幸亏苏曼殊靠着将来能再见母亲一面的心愿，才奇迹般地活了下来。

虽说苏曼殊有父亲，但他的父亲却从来没有尽到过父亲应尽的责任，他从没有得到过一点父爱。那一刻苏曼殊对人间的一切充满了绝望和厌弃，更对他的父亲产生了一辈子都挥之不去的刻骨仇恨。面对不幸，他找不到家的依傍，寻不到族人的慰藉，得不到精神上的解脱。对母亲的深切思念和对母爱的热烈渴求，一直支配着苏曼殊的一生。

第三场　初恋

到 16 岁时苏曼殊才靠自己微薄的收入踏上寻找母亲的旅途。那时他绘画的名声已经越来越大了。由于童年少年不幸的经历，苏曼殊总是比别人敏感和豁达。在日本安顿好之后他便迫不及待地去看望自己的母亲，已经和父亲离异的母亲看到自己多年未见的儿子后热泪盈眶，两个人哽咽着久久都说不出话来。

有了浓浓的母爱，苏曼殊打算一辈子留在日本，但是他没有想到，命运之神将再一次狠狠地在他心上划一刀。

他母亲的邻家有个叫菊子的日本女孩，年纪比苏曼殊大几岁。傍晚来临时两个人经常一起在窗下读书，手捧着一本《拜伦诗集》如醉如痴。那个时代的日本女子能读书认字的并不多见，更何况能在拜伦的诗歌中感受艺术的永恒更为少之又少。菊子那散发着青春火花的眼眸充满盈盈的笑意，使苏曼殊重新燃起了对幸福的渴望。他天真地以为恋爱本是两个人的事情，和他人无关，谁知道他父亲听说他和日本女孩的恋情后大加阻拦，妻妾成群的父亲，居然叱责苏曼殊的行为有辱苏家的名声，以断绝关系来威胁他不能败坏门风。从小就受尽冷眼的他发现自己突然要为苏家可怜的门风负责，他的回答当然是置之不理。看到儿子一意孤行，苏杰生竟然将矛头直接指向菊子的父亲，这个老实的普通人畏惧苏家的威胁，盛怒之下，当众痛打了菊子，结果当天夜里脆弱的菊子竟然选择了在最灿烂的年华投海自尽。

这一打击令苏曼殊心灰意冷。他对自己说："去他的苏家，去他的世俗，人间哪还有什么可留恋的？"

第四场　出家

苏曼殊回国后，他在广州白云山蒲涧寺选择了剃度出家，但他没有成为真正的和尚,他也没有真正看破红尘。尚未取得正式僧人的资格的他大口喝酒,大口吃肉,有一次还偷吃了乳鸽,差一点被住持大师送出寺庙!他乘师父外出之机,拿了已故师兄博经的度牒,自此法名博经,法号曼殊。

万念俱灰皈依佛门的他从此再也没有脱下那身僧袍,哪怕之后又遇到许多可以共度一生的女子,也从未让他放弃孑然一身的决心,自那以后他便开始了自己激荡而颓废的一生。

苏曼殊好友柳亚子向他讲述了革命党人的腐败问题,还有康有为的种种劣行,听得苏曼殊大为震惊。在他单纯的心中,康有为和革命党人都是最纯洁、最伟大的人,竟然也会做这些天理不容的龌龊事,不禁大怒,要去枪毙康有为。不久之后他就跑到了上海,想要秘密从事反清的活动,甚至还想杀了康有为!

### 第五场 红颜

苏曼殊在南京陆军学堂教书时,与秦淮河歌伎金凤相识,两人交往甚密,情深意笃。在一次音乐会上,心不在焉的曼殊听了几曲,不免兴味索然,正当他要离开的时候,一个女人出现了,她就是金凤。曼殊的眼睛蓦然一亮,周围的一切仿佛都消失了,眼前只剩下那曼妙的身影和抚弄筝弦的纤手,一种似曾相识的亲切感和茫茫人海遇知音的激动、温情油然而生。这是一种缘分,一种命中的前定。

金凤姿容天成,矜持端庄,仿若一株空谷幽兰,清高绝世。她弹奏的古筝曲悠扬悲戚,触动苏曼殊满腹愁肠。两人引为知音,互相爱慕。金凤作为风尘女子,终于遇到了意中人,顿生相见恨晚之感,那种渴望正常人幸福生活的心情应该是不难理解的。浪漫的曼殊当场在金凤相赠的照片上题诗一首:"无量春愁无量恨,一时都向指间鸣,我已袈裟全湿透,哪堪更听八云筝?"那种两情相悦、倾心相爱、缠绵悱恻的感情自然是不难想象的。

### 第六场　绝意

深夜，在苏曼殊的寓所，一个女人即将走进他的内心深处。她步履轻盈如凌波仙子，肌肤如雪似玉，含情脉脉的金凤要以身相许，要和他终生相伴。

面对才貌双全的金凤，已成为僧人的他也难免心跳加快，不知所措。他还对金凤的才学深表敬佩，他们俩在才学上真是天造的一对儿。但对于苏曼殊而言，这无疑是一次非常痛苦的抉择。

苏曼殊痛苦极了，这种两情相悦、相互搀扶、共度艰难人生的生活，不正是他这些年来所渴望的吗？那又何以拒绝金凤的美丽温柔呢？但他还是一再退缩。

金凤说，你可以遁入空门，但你无法拒绝自己的内心。

但他心上留下了深深的永难愈合的伤口，那种巨大的疼痛和阴影始终相伴。可能当金凤以身相许的时候，他想起了菊子——那痴情的女孩，他心中生出了浓浓的对于众生尤其是女性的悲悯情怀，他婉拒了金凤的爱。

金凤说，你这样是虚伪和不义的。

他无法拒绝面对自己那颗多情而善感的心。这是人类延续了几千年的情感，为什么要拒绝？难道不是虚伪和不义吗？

当然他有很好的托词，那就是身上的袈裟，虽然他很清楚自己从来不曾把那一身袈裟当作一回事。

苏曼殊最终还是舍弃了情，站在了佛的一边。"鸟舍凌波肌似雪，亲持红叶索题诗。还卿一钵无情泪，恨不相逢未剃时。"他已经尝遍了人间的悲苦，看透了人情世故，对俗世的幸福已经不抱任何希望，因为他从未体会过幸福的感觉，未来他也不可能拥有幸福。爱情是甜蜜的，但它却不是自己这般的苦命人所能够拥有的。父母之爱的缺失，使他觉得人世间已经没有欢乐可言。

春宵一刻短，他们同居一夜，他却什么也没有做。柏拉图式的恋爱，是他心中的图腾。苏曼殊的暧昧与游离，冰雪聪明的金凤看在眼里。苏曼殊不愿意结婚，他说："我不欲图肉体之快乐，而伤精神之爱也。故如是，愿卿与我共守之。"这让金凤感到绝望。她拿出一块素绢向苏曼殊索画，画还没有完成，她就伤心地离开了他。

所幸金凤毕竟是超脱的，远离——或许是深爱的女性的最佳选择。对世间美好女子，他一旦遇到即神为之夺，身陷情网。情到深处，情欲奔流，利如掣电，却必须克制。当女子以身相许，他总是忍痛拔掉情欲的肉中刺——用一件袈裟锁住了火焰。他把自己裹进坚硬厚重的乌龟壳里，独自痛苦纠结。然而那曾经的恩恩怨怨无论如何是无法释怀的了："偷尝天女唇中露，几度临风试泪痕。日日思君令人老，孤窗无语正黄昏。""碧玉莫愁身世贱，同乡仙子独销魂。袈裟点点疑樱瓣，半是脂痕半泪痕。"

### 第七场　决裂

从此苏曼殊身无所寄，心无所忧，浪迹天涯，享受着亦僧亦俗的人生。

此时的苏家早已没了往日的辉煌。随着时代的动荡，大清朝的没落，这个依附于大清的家族也就跟着没落了，这时候生意不好做，当时很多的家族都如这个家庭一样，即将被时代淘汰。

一天，苏曼殊离开寺庙去香港，偶然遇到了广东的同乡。同乡说："你这些年与家里割断了联系，你大概不知道，你的父亲苏杰生现在身患重病，就快要死了，你身为他的儿子，最好还是去见他一面吧！"苏曼殊听了这个消息，心中竟激不起半点波澜，仿佛在听别人家的故事。他说："苏曼殊已经出家为僧，六根清净，无父无母。施主若无他事，曼殊要走了。"同乡见此，连忙拦住他说："好好好，你既然这么说，我也没办法说什么。不知道你现在住在哪里？你我同乡一场，再次相见也算缘分，改日我还要再上门与你相聚。"他感念苏杰生命不久矣，看着一个生命垂危的老人完全失去了往日的生机，而他临死前最大的愿望就是再见儿子一面，作为一个有血有肉的人，又怎能不动容呢？不管他怎么想，至少他一定要为这位老人尽一份绵薄之力。但苏曼殊没有答应。

几天之后，他接到了苏家来信，信中说苏杰生的病已经十分严重，几乎是奄奄一息了，苏杰生吊着一口气全是为了等待儿子回家，只有看儿子一眼，他才能瞑目。

苏曼殊看了信，心中想到的却是，当初生母若子死的时候是否瞑目了呢？那时候若子一定也是期盼在临死前能够重新寻回苏杰生的温柔吧，可是苏杰生又是如何对待她的呢？他不过是弃自己的儿子和女人不管，把他们当作洪水猛兽般躲避着。那时候，又有谁怜惜过那个可怜的女人呢？现在这个想要见儿子的父亲摆出一副可怜的样子接受着大家的同情，可是当初又有谁同情过若子呢？当初他苏曼殊在柴房里奄奄一息快要死去的时候，又有谁同情过他呢？

可笑啊可笑，也许这就是天理循环、报应不爽吧！当苏曼殊想到这一切，他看信时心底生出的柔软再度变为了坚硬。他心想，你想见我，不过是因为我是与你有血缘关系的儿子，是你生命的延续。当初你改变了母亲整个人的命运时，你是那样无情，那样肆意；当母亲死时，你对她弃之如敝屣。说到底，是因为母亲跟你没有血缘关系。你们这些人，将血缘看得那么重，既然如此，何苦来害本与你无关的无辜女人呢？

苏曼殊直接将信撕掉。他就当完全不知道这些事情，继续在香港化缘。偶尔他会去与之前在香港认识的朋友相聚，谈一谈天下，谈一谈风月。

没过多久，苏曼殊又接到了一封信，信中斥责了他的不孝，并告知苏杰生已经去世的消息，说如果他还有一点良知就回家奔个丧，也算是尽孝了。然而苏曼殊已经不想和苏家有任何来往。他在香港停留了这么久，也许隐约间就是在等待这样一个消息，这样一个能让他的心尘埃落定的消息。父亲死了，那些伤害过他生母和养母的人都死了。你看，人就算是再横，也横不过时间。难怪当初河合仙会对他说让他活下去，因为只要活下去，就能看到那些当初飞扬跋扈的人的下场，就能获得真正的解脱。

苏曼殊看了看天空，不知道生母若子此时是否在天空中微笑呢？苏杰生死了会去哪里呢？会去与若子团聚吗？苏杰生会去找到若子，对她说一声"对不起"吗？虽然佛家都说人是有来生，是有灵魂的，但其实苏曼殊并不相信。也许人死了，也就是真的死了，什么都没了。死了以后就彻底安静了，什么都放下了。"死了是一种解脱，你也终于可以解脱了。"苏曼殊对着天空说。他不知道苏杰生能不能听到他的话，但他讲的的确是真心的话。他忽然觉得其实苏杰生也很可怜，一个人能够无情到那种地步何尝不是可怜呢？且不管他这辈子良心是否能得安，至少他的灵魂已经坏掉了。一个人在做了令人憎恶的事情之后，他就算不会难受，至少也不会好受吧。

*第八场　魂断（回忆结束）*

苏曼殊快要走完了他那多姿多彩而又坎坷多舛的三十五个春秋的人生之路。

这时候他仿佛看到菊子向他走来，向他诉说自己的冤屈。

金凤也向他走来，问他是否后悔当初的决定？早知今日，何必当初？

苏曼殊：我已周历人间风华至苦，今已绝意人世。

菊子：你就没有一点悔恨吗？

苏曼殊：我从一开始就孤独无助、辛酸坎坷，只能选择退让。红尘俗世，不论悲喜，都只是体验，无论爱否，都只有记忆。一切有情，都无挂碍。

金凤：你有情而无挂碍，多好！可我怎么办？我为你付出了全部！

苏曼殊：我向往的民国政局如此污浊，又未找到其他出路；我钟情的爱情也不能救赎我的灵魂。我厌世之念早就有，暴饮暴食就是以求速死。至于你们，遇到我算是不幸。我也无法求得你们原谅。

菊子：生与死的无情，人与人的陌生，心与心的隔膜。我死不瞑目啊！

柳亚子：曼殊虽说是个流连花丛的多情才子，但亦是热烈慷慨、无惧生死的革命追随者。你们想啊，他怎么会为婚姻所累呢？现在像他这样清白的人是不多了。

苏曼殊：我自己是作死，死之于我又有何惧？佛家都说人是有来生，是有灵魂的，死了我就能与天上的父母亲相见，我要问问他们，你们当初为什么要生下我，后来为什么又不顾我了？

他的母亲若子出现：儿啊，儿啊，我对不起你啊！……

他的父亲苏杰生出现：儿啊，我生你是为了我们苏家的荣耀，我们苏家只有你最聪明。

苏曼殊：不对！你是为了自己的享乐。可是我和你不一样。我完全可以像你一样享乐至上，但我视金钱如粪土，我阅尽风月而洁身自好。我现在仍以处子之身回归自然，你还有什么脸面来面对我？好了，我现在什么都放下了。什么爱啊，憎啊，恨啊，都没有了，这样多好啊！

最后，他亲吻了金凤送给他的碧玉，他说："一切有情，都无挂碍。"

柳亚子：曼殊，你人在魂在，人不在魂还在。你自在的真气将长存于天地，你是向死而生的曼殊！

苏曼殊的灵魂走向天空，化成了他画的各种画和他创作的诗句。

**四、主题：**

这是一部父与子争斗的戏，是情与欲矛盾的戏，也是精致利己主义与圣洁灵魂之间斗争的戏。苏曼殊是个带着原罪的弃子，在生存极其悲惨的环境中长大，长大后他要用自己的力量来报复这个环境（社会），另一方面又在自觉不自觉地伤害自己和他人。最终虽然成就了他的传奇和艺术人生，虽然在一定程度上也报复了父亲（社会），但他自己也英年早逝，留下无限的遗憾。

苏曼殊极尽所能地创造了自己的精神世界，他那种对艺术创造的无限追求是值得赞叹的，他消极的人生态度又是令人惋惜的。

这个戏给今人的启迪是，如何做一个对自己人生、对家庭成员、对社会负责的人？人生要有积极向上的态度，无论什么时候，什么遭遇，人都要有丰醇的内在和明朗的信仰，才不至于内心消极荒芜。只要心存美好，总能拨云见日；即使满身伤痕，还能屹立不倒；任凭山高路远，仍能一心向前。这才是做人应有的境界！

（这部戏原为外地一个话剧团创作，因故未能上演，虽遗憾但自感提纲尚可，故收录在此）

2020年3月21日于宁波舟宿云庭工作室

# 后　记

　　《心中的海》书稿终于编好，共 93 首诗歌，16 篇散文，刚好 109 篇。这是我的第二本书，上一本《浪花飞过：贺玉民剧作选》是 2013 年 3 月出版的，距今已经七年半了。这七年多来是我这一生中最忙碌也最充实的日子，我大概创作了七部大戏，改编了自己的两部旧戏，将五部大戏用自己组剧团、自己筹资的方法成功地搬上了舞台，而且每一部都赢得了观众的掌声。我还创作了四部微电影，其中两部被拍摄，三部获奖；还创作了两部广播剧、三十多个小品，以及几十首诗歌及多篇文章。可以说，这七年多是我创作的黄金时期。

　　这本书以诗歌为主，最早的三首诗发表在 1980 年 10 月《宁波文艺》第五期（当时是双月刊），是我的处女作，距今刚好是 40 年。诗中第四辑"海韵之歌"的 20 首诗歌，基本上是我在 1977 年至 1982 年当船员时写的。在海上的 4 年船员生活，给了我太多的创作素材和灵感，至今仍然是我笔耕不止的动力。但因为是早期的作品，其中有些诗现在作了修改甚至重写。第三辑"心灵之歌"的 17 首诗歌，是我在二十多年中断断续续创作的应景之作，有几首也投入了自己全部的情感，其中《国旗升起来了》原来是应邀为某文化馆庆祝国庆50周年而创作的一个诗剧，但因当时朗诵演员很难找，故不准备排演了。刚好市广播电台有一个国庆诗歌散文征文，我就将其改为诗歌去应征，不想获得了唯一的一等奖。记得在颁奖晚会上我的这首诗由当时的中国朗诵协会陆老师朗诵。后来，这个诗剧由三家单位同时排演。本书最重要的是第二辑"甬城之歌"，有48首，占了诗歌的一半还多。这些诗歌是献给生我养我的宁波的一份薄礼，我爱宁波，爱她的每一个角落、每一个有诗意的景物和人物。我觉得宁波我还没有写够，以后还会继续写下去。我的诗歌过于直白，缺少诗意和意境，但我感情真挚、强烈，或许能弥补些许缺憾，而且写诗是我的"副业"，这也可谓聊以自慰的借口吧？但我确实是在认真地创作，想努力写好每一首诗歌，无奈能力有限。最让我自己感到欣慰的是第一辑"英雄之歌"。这些诗都是从我的心底一点一滴地流出来的。今年1月底到4月底，那些天我刚好因患病住院和在家养病，本来身体和感情都很脆弱，天天看电视新闻、看网上新闻，一边看一边流泪、感动，然后一边拖着病体写作。我记得在50天时间里共创作了8首反映疫情的诗歌，被我们宁丰话剧团的演员们配乐朗诵后，这些诗歌像长上了翅膀，在网上着实"火"了一把，有几首诗还通过记者和宁波医疗队传到了武汉。同时我还创作了两个小品，两部广播剧和一部大戏。书中的第五辑"岁月之歌"16篇散文，主要是我发表于报刊的一些文章（有些找不到了），有创作剧本后的感想，有一些小征文获得的小奖的作品，还有的是通讯或剧本创作提纲等，这些文字虽文学价值不高，但也记录了我在岁月中的一些痕迹，所以我也将这些杂七杂八的文章挑选了一些收录在书中。

岁月漫漫，收获寥寥。不管怎样，这本书是我自己的"儿子"，宁波有句老话：自生儿子自中意。别人怎样读、怎么想我也不知晓,自己努力地写出来了,总归是好的。以后倘若还有激情和余力,或许还会再"涂鸦"一些所谓的"作品"出来,但愿观众或读者不会感到烦了。

贺玉民
2020年9月16日于舟宿云庭工作室